Scripto

Loi n° 49-956 du 16 juillet 1949
sur les publications destinées à la jeunesse
Maquette : Anne Catherine Boudet
P.A.O. : Françoise Pham
Imprimé en Italie par L.E.F.O. Spa-Levis (TN)
Dépôt légal : mai 2008
N° d'édition : 156541
ISBN 978-2-07-061821-7

Titre original :
Luuuuurve is a many trousered thing…
Fab New Confessions of Georgia Nicolson
Édition originale publiée par
HarperCollins*Children'sBooks*, Londres, 2007
HarperCollins*Children'sBooks* is an imprint
of HarperCollins*Publishers,* Ltd

Louise Rennison

Un gus vaut mieux que deux tu l'auras

Traduit de l'anglais par Catherine Gibert

LE JOURNAL INTIME DE GEORGIA NICOLSON

Gallimard

Avec un max d'amuuuuuuuuuuuuuur
à tous les ordinaires. Je ne dégoise pas par là
que la cantonade me fait tartir ni que vous cotisez
au club des ordinaires, car je vous fiche
mon biffeton que non pas.
Sur ces moches paroles,
je peux continuer, oui ou flûte ?
P.S. Le merci und Nom d'une hermine
en préretraite à M. Ouaouh.

COOOOOOOOORNE!!!!!!

Samedi 16 juillet

23 h 45 Taïaut ! Taïaut !

Souffle, souffle, souffle.

Et souffle à la puissance souffle.

Par la culotte affriolante de Notre Seigneur *und* toge assortie, comment se fait-ce que je me retrouve filant telle la bise le long des venelles à la mi-nuit ?

Je vous narre la raison du comment. Telle que vous me zieutez, j'étais en attente d'une survenue de Super-Canon depuis une décade quand s'en sont présentés deux pour le prix d'un. *Qu'est-ce que le sens ?* Si cette double rasade au rayon gus est à mettre au compte d'un plan ourdi par Giga S. (Notre Seigneur pour les intimes), je Lui tiendrais volontiers ce discours : « Joue-la sommaire, Giga S. Aboule le Super-Canon à grignoter à l'unité. Et si d'aventure j'ai encore un creux, je me resservirai. *Le merci*. Et mes amitiés au petit Jésus. »

C'est tout ce que je blablate. Intérieurement, il va sans dégoiser, étant octroyé que je suis limite au bord du trépas à force de tricoter des jambonneaux en croquenots à talons hauts. Pas impossible que je me voie contrainte à l'allongement en fossé d'une minute à l'autre.

23 h 50 Pas plus tôt évoqué qu'exécuté. Séant posé sur haie de parc. J'ai comme qui dirait égaré l'haleine. Youpi ! Assise dans le noir je suis, tel le mulot en jupe.

Trois minutes après Souffle, souffle. Je vous livre, ci-devant, succinct résumé de la soirée de dame Mulote :

Scène 1

Régalade maxi au concert des Stiff Dylans, *mit* excellent « tout schuss sur le disco viking* » en prime et en l'honneur des épousailles prochaines (pas plus tard que dans dix-huit ans) de Rosie *und* Sven, rehaussé d'un géant des steppes glacées en short velu.

Avec, en rôti du dimanche, Scooterino, barde en chef des Stiff Dylans et Sublimo de son état, qui me squatte le songe depuis moche lurette, me demandant de le suivre en extérieur pour me déclarer tout de go : « Alors, *signorina* Georgia, qu'est-ce que tu en penses ? À présent, je suis un homme libre pour toi si tu veux toujours qu'on sorte ensemble. »

Gardez présent au cervelet que le Transalpin me susurre la déclaration *mit* accent trop crousti-fondant

---

* Note à l'intention des demeurés pur sucre (avec tout l'amuuur que je leur dois) : le « tout schuss sur le disco viking » se gigue de la sorte : tape du nougat, tape du nougat à gauche, coup de latte à gauche, coup de latte, levage d'abattis, coup d'arme blanche, coup d'arme blanche à gauche.

du Pays-de-la-Mozarella-et-Tomates-à-la, en me mirant comme si j'avais décroché mon diplôme en Super-Coquine.

Scène 2

Pile poil au moment où je fais escale à Pâmoison-City en mode poulpe majeur, un cabriolet s'arrête devant nozigue et Robbie, le mètre-étalon du Super-Canon, en descend.

Le gus même qui m'avait laissée choir tel le mi-bas pour aller au Pays-du-Kiwi-en-Folie bécoter du marsupial *und* autre activité de semblable essence jusqu'à la fin de ses jours.

Non pas.

Scène 3

Après un silence de rigueur, je sors au susdit gus à la façon réflexion véloce hybridée décontracture : « Oh, bonsoir, Robbie, accorde-moi le pardon, j'ai comme qui dégoiserait un train à prendre et la valeur n'attend pas le nombre des années. »

Sur ces belles paroles, je me trisse *fissa* avant d'emprunter le trot enlevé. Suivi de près par le galop du même blaze. Pour finir en sommet de haie où la saga commence.

Résultat des courses, je dirais que, après avoir fait la queue un bon demi-siècle chez la marchande d'éclairs fourrés à l'amuuuuuuuuuuuur, j'en ai pris deux par le truchement de l'inadvertance.

Et pomelo sur le baba, j'ai le séant sur du végétal.

23 h 56 N'en jetez plus, le jardinet est plein, les Saindoux Brothers sont en maraude dans le parc ! À tous les ramponneaux, c'est dans le dessein de mettre le feu à leurs personnes ou de réviser leur compo de nullité. Ce qui, de mon point de vue perso, est superfétatoire, étant garanti qu'ils sont au top dans la matière.

Dans moins d'une nanoseconde, ils auront reniflé ma présence et débouleront tels les gorets. Les surchargés pondéraux ont été livrés avec l'option radar repéreur de fille dans un rayon d'un kilomètre.

Trente secondes après Mark Grosse-Bouche (qui réside dans ma venelle et que je bécotai par l'intercession de l'étourderie, sachant que le gus a la lippe taille babouin XXL) émerge de sous la futaie et m'avise sur ma haie, le souffle sectionné. Le gus pose la mirette direct sur mes nunga-nungas que la défection du poumon actionne de bas en haut à intervalles prestes. Stoppez le mouvement ascendant et retournez à la niche, bande de nunga-nungas décérébrés !

– Dites-moi les filles, vous avez l'air méchamment jouasses de me voir ! me sort Lippu Ier en zieutant mon double volume mammaire.

Plus répulsif, tu décèdes. Je passe outre l'outrecuidance du gus et lève le siège avec un max de digniture.

– Doucement, ma cocotte. T'as manqué m'estourbir, ajoute l'embouché quand je le frôle par l'entremise de l'erreur.

Le reste des apprentis crétins rappliqué dans l'entre-temps se fend le coing et s'étouffe copieusement avec sa cibiche. Note, sur le plan bonus, la clope freinant la croissance des quatre cuivres, les gros lards ne dépasseront jamais le mètre deux.

– Je vois que t'as la corne, Georgia ! C'est pour moi ?

Le surlippé serait-il atteint de démence précoce ? Que me fredonne-t-il au juste dans son sabir ? Vu la lubricité de son globe oculaire, je suppute qu'il me croit en pincement pour sa personne. Plutôt plonger la caboche dans une citerne remplie de bulots que de le laisser approcher de mézigue. Je n'en crois pas mes coudes d'avoir eu sa pogne en stationnement sur le nunga-nunga par le passé. Ni son appendice buccal hors norme en goguette sur la figure. Beurk ! Sauf gourance, tout ce que le gus m'a procuré c'est de « l'anticorne ».

Trop le dommage, c'est l'instant où je réalise que l'embouché parle au sens sale du terme. J'ai effectivement la corne. Ou plutôt les cornes. De bison en l'occurrence, que je revêtis pas plus tard que plus tôt dans la soirée en vue de répéter la gigue nuptiale de Rosie.

De l'autre mimine, je ne vois pas le problème.

Cinq minutes après En fait, *le si*, quand on y cogite.

Ce dont je m'abstiens.

Oh double popo *und* fichtre *und* flûte.

Minuit et quart Rendue dans ma venelle. J'ai le nougat en pic d'affliction. La loupiote est allumée dans le salon. Oh, noooooooooooooooooon ! Ce qui veut dégoiser que les champions *es* siphonnitude (Mutti et Vati) ne sont pas en paddock. Il me faut éviter la rencontre à tout prix. Incapable je suis de deviser avec leurzigue. Pas *le maintenant*. Ni *le jamais* si je m'esgourdais.

Je m'introduis dans la cambuse telle la Mohicane et dissimule presto mes cornes dans une cachette plus sûre que l'abri antiatomique (le panier de repassage).

Aaaaaaaaah. Personne ne m'a entendue rentrer. À présent, monter l'escalier à pas de zébu. Sans sonorité aucune, telle la souricette. Souricette s'apprête à présent à ouvrir la lourdette de sa chambrette. Chuuuu-uuuuuuuut. Chuuuuuuuuuuuuut. Quasi vomie je suis. Plus silencieuse que le silence sous traitement silencieux. *Le merci,* Notre Seigneur, pas trace des monstres velus, autrement dit mes matous perso, Angus, le pater, et Gordon, son rejeton, que dame Nature affligea d'un strabisme divergent prononcé.

Je suis donc en poussement de porte quand je me retrouve pif à pif *mit* la bobine sens dessus dessous de Mini-Bigleux. J'esquisse le zieutage mirette dans mirette. Quelqu'un peut-il m'expliquer pourquoi le félidé se croit obligé de tendre l'embuscade en dessus de porte telle la souris-chauve ? Mini-Bigleux pousse le bébé coassement et me passe l'immonde râpe qui lui sert de langue sur le faciès.

Minuit vingt-cinq J'ai l'oreiller garni à la souris mâchouillée.

Minuit trente Nom d'un phacochère spasmophile ! Mini-Bigleux m'a léchouillé la face après avoir croqué du rongeur. À tous les coups, je vais choper la peste. Rien de tel qu'un jeté de bubons purulents quand on crawle en pleins problèmes de gus de compagnie.

Une minute après Redescente d'escalier telle la Comanche, histoire de me débarrasser de la défunte souris que je transbahute en civière cartonnée. À la place de « souris », je ferais mieux de dire « esgourdes et bout de queue ». Morceaux sans doute en déficit de tendreté pour le petit bec délicat du tueur velu.

Je remonte telle la Cheyenne quand la mère de famille s'égosille du salon :

– C'est toi, Gee ?

– Non, réponds-je finement.

Avant de regagner *fissa* mon lit de douleur.

En paddock, sous les draps de la vie

Une minute après Je ne vois pas l'intérêt de se dévêtir, étant octroyé mon niveau de tourneboulement.

Cinq minutes après Note que je ferais mieux de produire l'effort, du moins et du côté du retirage de croquenots. À tous les marrons, j'ai le nougat qui a triplé de volume conséquemment à ma course folle. J'aimerais autant ne pas me le voir soustrait par voie de chirurgie.

Le croquenot, pas l'arpion.

Bref, le fin mot du conte, c'est que j'ai fait l'acquisition de deux Super-Canon par le truchement de l'inadvertance.

Si ça se trouve, plus jamais je ne gagnerai les abattis de Morphée.

Une minute après Une supposition que j'aie deux gus de compagnie, une certitude que je n'aurai plus le temps de clore la paupière.

Zzzzzzzzzzzzzzzzzzzzzzzzz.

Dimanche 17 juillet

7 h 00 Pas plus tard que tout de suite, je me réveille d'un songe où le docteur Clooney me mirait la caboche avec ce commentaire :

– Je n'ai jamais rien vu de tel ! Sa tête n'est qu'un énorme bubon.

J'en oublierais presque que je suis doublement garnie au rayon gus de compagnie.

Vérification immédiate dans glace. Pas le moindre bubon à l'horizon. Total, j'ai évité la peste que je frôlai par l'entremise du roulé à la souris de Mini-Bigleux. *Le merci,* Notre Seigneur. Cela dit, au rayon tête, je suis en survolume capillaire. Pas impossible que je me repasse la perruque.

7 h 35 Descente en cuisine telle la Huronne, histoire de me sustenter. J'ai comme qui dégoiserait intérêt à prendre des forces.

On se croirait à Ronflement-City. Mutti qui oblige Vati à roupiller en chambre de connaissances pour cause de turbine surpuissante le bat à plat d'ourlet au sonomètre. Clémente je devrais nonobstant me montrer. Si ça se trouve, la mère de famille a la respiration empêchée par le poids de ses nunga-nungas. Une supposition que les miens perso atteignent la taille mammouth de ceux de ma génitrice, une certitude que j'en fais don à une œuvre de charité.

Le jour est *le coquet.* Le volatile volette, l'abeille beille et Super-Tombeur velu batifole avec sa Naomi. Les deux félidés sont en total amuuuuuuuuuur, du moins si la jauge à pincement mutuel est graduée au léchouillis de fondements.

De retour en paddock *mit* denrées alimentaires

Cinq minutes après Urgence de consultation d'un recueil bourré de sagessitude.

Cinq minutes après La double rasade au rayon gus de compagnie ne figure pas dans le bouquin de Mutti *Comment séduire à coup sûr le dernier des caves.*

Trois minutes après Pas impossible qu'il faille en passer par le bourre-pif en aube sur prairie entre Super-Canon et Scooterino pour déterminer lequel remportera mézigue. J'ignore total l'us en pareille situation.

Une minute après *Le sûr*, c'est que je ne convierai pas Dave la Marrade, mon conseiller allumage et bécoteur intérimaire, à la partie de gnons. Je connais le zigue, il risquerait de s'esbaudir et de sortir des trucs style : « File-lui un coup de sac à mimines, Massimo » ou bien, à Super-Canon : « Fais gaffe à la mise en plis du Mozzarella ! » De toutes les manières, la Marrade est trop occupé par les temps qui galopent pour me délivrer le conseil. À tous les ramponneaux, il est en fréquentation de sa « copine ». Je me demande à quel degré ils sont rendus sur l'échelle des trucs qu'on fait avec les garçons.

Tais-toi, cerveau ! Je refuse d'avoir la pensée squattée par l'expert en poilade. La Marrade est du bécot ancien. Et qui plus est un poteau. J'ai assez de tracas sur le brasero pour me fader des interruptions marradesques.

7 h 55 Compte tenu de l'occurrence, je suis en obligation de qui-vive permanent au rayon beautitude *und* glamourosité. Une supposition qu'un de mes gus de compagnie soit en urgence bécotale, une possibilité qu'il rapplique dès potron-minou. Obligée à la présentation présentable en cas d'éventualité. Mais nul quidam ne doit se douter que je le suis. Il me faut suinter la glamourosité, version total naturel tombée du paddock.

Pour ce faire, lichette de trompe-couillon *mit* pincée de poudre bronzante *mit* rouge à lippe *mit* mascara *mit* doigt d'eyeliner. Doigt qui, de mon point de vue perso, m'octroie l'appellation égyptienne contrôlée.

De mon point de vue perso, disais-je.

8 h 00 Et maintenant que choisir question vêture ? Habits diurnes ou nocturnes ?

Quelqu'un aurait l'obligeance de me rencarder sur la tenue de rigueur en matière de réveil inopiné par quidam sonnant à la lourde ? Quidam dont j'ignorerais l'identité, mais dont je supputerais à foison qu'il s'agît d'un Super-Canon ou d'un Sublimo.

8 h 01 Pige-moi-ça Teletubbies rayé d'entrée.

8 h 06 Jupe en jean et T-Shirt ?
Bien vu, la musaraigne.

8 h 12 Jeté de coup de mirette par fenêtre. Pas l'ombre d'un Super-Canon ni d'un Sublimo à l'horizon. Pour tout dégoiser, ce serait plutôt le contraire. J'avise *mit* consternation le Père Porte-en-Face en robe de chambre de nain dans son jardin. Ne me dites pas que le tricentenaire tourne homosexualiste au bord de franchir le mur du son. Mais voilà que la Mère Porte-en-Face fait son apparition en pige-moi-ça surdimensionné. Je me goure ou la voisine arbore un soupçon de pilosité sub-labiale. Si ça se trouve, à force d'être mariés, le mâle passe femelle et la femme mâle. Mon Vati a incontestablement amorcé le mouvement mais, de l'autre clavicule, pas un quidam au monde n'a de nunga-nungas taille Mutti lui poussant sur le torse.

8 h 30 Comment se fait-ce que Jas ne m'ait pas passé le coup de grelot ?

On serait en droit de penser quc Radio Jas vagabonderait sur les ondes de la vie dans le but d'apprendre ce qu'il advint de mézigue et de m'informer sur ce qu'il advint du reste du monde après que j'ai quitté le concert. Je subodore qu'il me reste à attendre que Miss Frangette ou autres membres du Top Gang s'extirpent des abattis de Morphée pour avoir des *news*. Dans ce dessein, je recours à la discipline de zinc que l'on m'envie de par la vaste planète.

8 h 35 A y est, l'épreuve est au-dessus de mes forces.

Je quitte la cambuse telle la Hopi. Inutile de laisser de mot, personne ne remarquera mon absence avant une décennie. Pas question de me fader un contre-interrogatoire signé Vati. Ou un fourrage de pif dans ma vie privée signé Mutti.

En allée de jardin

Angus est toujours roulé sur l'échine et sur le muret, en séance de léchouillis de figure administrée par sa Naomi qui, à l'heure où je vous parle, met le cap sur l'arrière-train du monstre. Positivement révoltant, cette débauche de chats dès potron-félidé.

Et figue sur le kouglof, les matous sont recouverts de popo de pif.

Nom d'une mouflette rayée sur la brèche, ce n'est pas du popo de pif, mais des œufs de batracien. Les deux velus sont allés faire les zouaves dans ce que les Porte-à-Côté appellent leur aire de préservation marine. Pour tout quidam normal, une bassine bourrée de tritons et de vase. Il faut blablater aussi que les frères Dugenou, autrement dit les canidés à bouclettes des Porte-à-Côté, remarquablement irritogènes *und* nuls, étaient de garde au rayon maître nageur sauveteur de faune aquatique. Subséquemment, Super-Matou n'a eu qu'à leur mettre un pain et les bloquer rondement dans leur niche afin de s'ébattre joyeusement en bassine jusqu'à ce que décès s'ensuive.

Les Porte-à-Côté vont criser force vingt-deux. Note, les voisins irascibles s'offusquent toujours pour des vétilles. Le Père Porte-à-Côté a frisé le spasme de nerfs toute l'année. Les dernières frasques des félidés risquent de le propulser direct en indéfrisable de nerfs *mit* aller simple pour la maison de vioques. À toutes les châtaignes, la tension fera exploser son short. Un bienfait pour l'humanité sans conteste, à condition de ne pas se trouver dans les parages au moment de la déflagration, si on veut éviter une vision de popotin en Cinémascope.

Mézigue à Super-Matou :

– Tu es *le troooooooooop vilain*, Angus, et je te ferai dégoiser que tu es bon pour le tracas. Garanti sur facture. *Le revoir*, poteau velu trépassé.

Je vous fiche mon billet que le félidé me reçoit vingt-deux sur vingt-deux, car il se remet mollement sur les arpions *mit* stretching des membres antérieurs *und* postérieurs, agrémenté d'une franche bourrade à sa fiancée, histoire de la faire dégager du muret. C'est le gus un peu rude avec les filles.

Pas plus tôt dégagée que remontée, la Naomi. L'échine en cerceau, la pilosité en position haute, le couinement spécial persan en jet continu, le débit de crachat de chat ouvert au maximum et que je te fais un pas un avant, deux en arrière, un en avant et je reprends. Pas toute sa caboche, si vous voulez mon avis.

Angus a le trouillomètre à moins vingt. Non pas. Il attend que la félidée soit en totale vicinalité pour lui décocher la baffe grand format, qui la renvoie vite fait à l'envoyeur. *Le trop riant.*

Mais marrade de faible amplitude parce que, une fois débarrassé de l'œuf de batracien par voie de frottement sur graminée, Super-Matou m'emboîte le pas.

Oh, non, pas *le jour d'hui*, mon poteau velu. Pas question de l'avoir à mes basques toute la journée, semant la panique et boulottant tout ce qui bouge sur son passage.

Mézigue :

– Lâche-moi, Angus. Pas bouger ! Assis ! Assis !

Histoire de détourner son attention, je lui lance le rondin. Super-Matou consent à courir après, mais me refile aussi mouillé la micheline.

Je passe à la vitesse supérieure.

Le félidé m'emboîte la vitesse.

Je me planque derrière un mur.

Il passe la bobine par-dessus.

En découragement de cause, je cède au jeté de pierres, histoire de bien me faire comprendre. Et soit dégoisé en passant, pas de la pierre de pygmée.

Cinq minutes après Inutile de me fatiguer. Super-Matou se rit du jeté de pierres. C'est le chat doté du courage certifié jamais vu.

Une minute après Il tente l'attrapage de pierre en bec.

Une minute après Il vient de frôler le minicoma pour cause de renvoi de caillou d'un coup de caboche.

En jardin de Jas

9 h 00 Voilages tirés dans chambre de Jas. Couic n'indique que l'enfrangée soit réveillée. Flûte *und* mince *und* fichtre. Pas la moindre envie de susciter l'intérêt de ses vioques en sonnant à la lourde. Même si les Mutti et Vati de Jas sont l'autre dans l'un plus approuvables que la plupart, considérant qu'ils nous approvisionnent en denrées alimentaires et que son géniteur ne pipe pas mot, ils demeurent nonobstant dûment enregistrés au répertoire des vioques en siphonnitude.

Trois minutes après Comment faire lever la copine sans recourir à la sonnette de lourde ?

Une minute après J'ai trouvé ! Hutte de jardin fournie en échelle. Par le truchement de l'initiative *und* expérience scoutale (dont je suis dépourvue et ne serai jamais pourvue), je compte réduire l'échelle en brasero dans le dessein d'envoyer des signaux de fumée devant la croisée de Jasounette. Tais-toi, cerveau !

Cinq minutes après À tous les gnons, c'est de l'échelle de bambin. Je dépasse de justesse la fenêtre de salon, qui se trouve sise au rez-de-rue. À ce compte-là, il me faudrait de l'abattis de gibbon monté sur échasses pour atteindre la chambre de Jas. Popo *und* popo.

Deux minutes après Je suis gentiment en recherche de moyen de gagner deux mètres en longueur d'abattis, quand je sens des quenottes assassines se planter dans ma cheville. Super-Matou a fait l'ascension avec moi et me mâchouille joyeusement le jambonneau inférieur en me zieutant. Aïe et contre-aïe.

Je redescends en soixantième vitesse lui serrer le kiki avec ces mots :

– Sale monstre velu. Je te trucide sur-le-pré dès que je suis en bas…

Quand j'avise le Vati de Jas en allée de jardin, le journal à la paluche et sa pipe éteinte à la lippe, me mirant comme si j'étais Miss Normalité sur pattes.

Mézigue :

– Que je vous explique. Je me demandais quelle bobine aurait votre jardin depuis l'altitude. Et *le oui*. Je confirme, *le oui*. Il est atrocement bath. Plein de trucs et de machins. Qui poussent et ainsi de suite.

Que débite-je au juste ?

Cinq minutes après Le Vati de Miss Frangette est total chou, ou total givré, c'est selon. Il autorise Angus à lui porter son journal en intérieur de cambuse. Et sauf erreur, il s'en bat la mirette avec une patte de propithèque que le monstre le déchiquette.

En chambre de Jas

Excavation de copine de sous tombereaux de chouettes en peluche. Quelqu'un peut me dire à combien se porte le nombre de chouettes collectionnables ? À *le beaucoup* est la réponse concernant l'enfrangée. Ce qui dénote chez icelle un déficit certain au rayon conformité. Sans compter qu'elle accueille mon poutou de salutation *mit* humeur grognonne. On est pourtant dans le poutou de base mais, à zieuter sa réaction, on la croirait attaquée par une horde d'homosexualistes en vêture de cow-boy.

Nom d'un lamantin des Antilles en rupture de ban. La fille accuse vraiment le bizarre au réveil *und* la frange en déclivité. On jurerait le perce-oreille éberlué en pige-moi-ça.

Mézigue :

– Alors, alors ? Qu'est-ce qu'il advint ?

La copine me zieute et se lance illico dans un tripotage de frange matinal. *Sehr sehr* irritant.

Jas :

– Tu es partie en courant comme une démente.

– Je sais. J'y étais.

– Ça te va bien de dire ça. Tu n'y étais pas, justement. Tout le monde blablatait à qui mieux mieux : « Qu'est-ce qu'elle a, Georgia ? Elle a tourné givrée ou quoi ? » Et ainsi de suite.

– Jasounette, ma poulette, une supposition que j'aille te quérir une petite tasse de thé *mit* denrées reconstituantes, tu tenterais la normalité et me ferais le topo circonstancié de la soirée ? C'est une question de vie ou de trépas. Les tiens perso.

Dix minutes après Plutôt crousti-fondante la glissade sous couette et en compagnie de Miss Frangette *und* aliments nutritifs. Sauf qu'à n'en pas douter, un bec de chouette me pique le fondement.

Jas en mode mâchouillis conjugué divagation :

– Ben, pour commencer, après que tu es partie en courant telle la demeurée. Soit dit en passant, tu cours bizarrement en talons hauts. On croirait l'Abjecte

Pamela Green au hockey quand elle a les jambes qui font des nœuds et…

Coup de chouette des neiges asséné. La copine manque l'étouffement par le truchement du toast.

Bibi :

– Jas, accouche. Il ne me reste que cinquante ans à vivre.

– Ben, primo, les gus ont fait des trucs de gus à Robbie.

– Quels trucs de gus ?

– Ben, tu vois, quoi. Je te tape sur l'épaule, je te serre la paluche et ainsi de suite.

– Je vois.

– Robbie a passé le bonjour à tout un tas de quidams et Massimo a enfilé sa veste. Tu étais quasi rendue au parc à cette époque-là, mais on te voyait encore. Scooterino a fait comme ça à Tom : « Georgia m'a demandé les résultats du foot. Et elle s'est enfuie. À ton avis, elle est normale ? »

Nom d'un yack à mi-temps.

– Et qu'a dit Tom ?

– Ben, il t'a soutenue, comme d'hab'.

– J'adore ton Craquos. Comme tu n'es pas sans l'ignorer, Jasounette Spasmounette.

– Il a répondu comme ça que, la plupart du temps, tu l'étais. Lui-même perso avait été le témoin de ta normalité en une ou deux occases, la plupart du temps quand tu roupillais.

Mêêêêêêrveilleux.

Selon Radio Jas, après que j'ai pris la poudre d'Espelette dans le dessein « d'attraper mon train », Scooterino est rentré dans ses pénates *mit* les autres membres du groupe. Lindsay la Nouillasse est sortie de la boîte telle la furie à ses trousses, le non-front chiffonné en mode possédé et l'extension de perruque fouettant l'air façon spasme capillaire renforcé. Sur ces entre-fêtes, elle a avisé Super-Canon et s'est jetée sur sézigue telle l'éruption cutanée. Et les deux ont quitté les lieux de conserve.

De quoi ? De quoi ?

Mézigue :

– La Nouillasse s'est trissée *mit* Super-Canon ?

– Ben, je te ferai dire qu'ils sont déjà sortis ensemble, me trompe-je ?

– *Le positif*, Jasounette. J'avais le battant en miettes. Tu en as souvenance ?

– Si ça se trouve, il en pince toujours pour elle. Elle a peut-être un truc qui lui plaît secrètement. Il y a des gus portés sur l'échalas.

– Jas, je te prierais de la boucler.

– Ben, je disais juste que l'absence rend ramollo du sentiment, et ainsi de suite. C'est comme un vent mauvais qui…

– Jas, sauf gourance, ceci n'est pas la boucler, mais continuer de débiter des sornettes à tu et à toi.

L'enfrangée reprend son boulottage de roulé à la confiture, style sage femme de la forêt. Je ne sais pas ce qui me retient de le lui enfoncer au fond du gosier. Si, je sais. Il me faudrait deux millions d'années supplémentaires pour obtenir le fin mot du conte.

Mézigue :

– Dis, Jasounette, tu as commémoration que tu me serinais tant et plus « qu'un truc *le positif* allait peut-être advenir » et moi, je voulais faire l'impasse sur le concert des Stiff Dylans et tu m'as convaincue de m'y dégobiller ? La question est la suivante : tu étais au jus que Super-Canon honorerait la compagnie de sa présence ?

– Ben, en quelque sorte *le positif*. Je savais qu'il rentrait au pays parce que Tom m'a fait comme ça que

Robbie lui avait passé le coup de grelot pour le prévenir qu'il avait réservé son billet et espérait arriver pile poil pour le concert.

– Mais il a fourni la raison de sa revenue ?

– Euh... non, pas exactement, non.

Oh, *le nooooooooooooooooooooon* ! La marchande d'éclairs fourrés à l'amuuuuuuuuuuur croit que je me suis doublement servie alors que je n'ai peut-être fait l'acquisition que d'un seulabre éclair. Et, *mit* le bol qui me caractérise, il se peut que je l'aie déjà grignoté. Si ça se trouve, je suis non éclairée.

Bibi :

– Une réunion d'urgence du Top Gang s'impose.

– Ben, j'avais dans le projet d'aller à la rivière avec Tom et...

– Non, Jas, tu t'es gourée de projet.

En parc

Midi Angus me file toujours la micheline tel l'inspecteur Gadget en manteau velu (et à quatre pattes).

En balançoire

Rosie :

– J'espère ne pas avoir été convoquée pour couic. On comptait s'entraîner au chapitre respiration artificielle *mit* Sven, au cas où le convive s'étoufferait par biais de cuve de chouchen à nos noces.

Le Top Gang n'échappe pas à la perte de sens communautaire par les temps qui galopent. Miss Frangette bêle à bouche que veux-tu que son Craquos lui manque. Jools est en volonté de zieuter Rollo jouer à la baballe avec ses poteaux. Rosie me rebat les esgourdes de son géant des steppes glacées qui, je vous ferai dégoiser en passant, penche du côté de l'élan hybridé dément certifié, et Ellen… ben, Ellen est Ellen.

Cinq minutes après Ellen, Roro, Jools, Mabs, Jas et ma personne nous balançons en balançoire. Non pas d'avant en arrière, tel le quidam normal en goguette et en parc, mais de côté, histoire de ne pas se faire mater l'anatomie par les Saindoux Brothers. La vie n'est pas aisée. Les gorets sont en planque derrière le végétal, nous imaginant dans l'ignorance de leur présence. *Le trop lamentable.* Le Saindoux est plus bruyant que le bruit et passe son temps à se prendre un gadin *und* à se mettre une peignée.

Cinq minutes après Pas plus tard que maintenant, la bande de gras-doubles se couche sur l'échine et le sol dans l'espérance de zieuter sous nos jupes. Je vois ses mirettes fureteuses cligner sous les branchages. Une supposition qu'elle aperçoive un bout de couvre-fesses, une certitude qu'elle le croie exprès exhibé dans le dessein de la séduire. Nom d'un lièvre arctique surdiplômé.

Une minute après Sur ces entre-fêtes, un pékinois déboule sur zone telle la fusée, traînant sa laisse derrière sézigue, elle-même talonnée par Angus. Oh, non. Super-Matou raffole des pékinois. *Le beaucoup*. Je souhaite au canidé d'avoir la foulée véloce.

De toutes les manières, je n'ai pas le temps de m'occuper de tout un chacun. Si le quidam imprudent laisse son canidé de petit gabarit batifoler en parc, il cherche le tracas. On vit en monde de félidé boulotteur de canidé.

Vingt minutes après Le Top Gang me préconise modo grosso de la jouer en décontracture jusqu'à ce que j'aie la loupiote éclairée au rayon pourquoi du comment de la situation. Cependant, je ne saurais blablater ce qu'Ellen entend par décontracture. Vu le spasme de nerfs géant qui la terrasse quand elle fait le compte vomi de l'au revoir que Dave la Marrade lui octroya au concert des Stiff Dylans. Compte vomi que je connais par battant pour l'avoir esgourdé un million de fois.

Ellen :

– Euh… ben… alors il… ben… et je ne vois pas ce qu'il veut dire, mais alors, ben, il a dit… il a dit… il a dit…

Moi-même :

– QU'EST-CE QU'IL A DIT ? Par le couvre-fesses de Notre Seigneur, il a dit QUOI ?

Je ne pose pas l'interrogation en quête de connaissance, je veux seulement qu'on en arrive à ce qu'il advint après mon départ *und* aux commentaires de la population sur ma personne, *und* ainsi de suite. Mais vous savez comment sont les gens. *Mit* leurzigue, c'est toujours moi, moi, moi.

Mon intervention propulse Ellen vers des rives du n'importe quoi encore inexplorées. Nom d'un phoque à capuchon sans gêne.

Ellen :

– Il a dit : « Ben, bonne nuit, Ellen. Ne boulotte jamais denrée de taille supérieure à celle de ta caboche. »

Que dégoiser ? Je l'ignore.

Je ne suis pas la seule.

Un quart d'heure après Bref, le battant du problème, c'est que le Top Gang ne m'est d'aucune utilité, étant octroyé qu'il n'est pas plus au jus que je ne le suis. Il semblerait que les copines m'aient zieutée filant telle la bise givrée (pour prendre mon train) et soient ensuite rentrées mollement en cambuse. Trop nulles.

Nonobstant, je leur pardonne. Après tout, ce sont mes meilleures potesses.

Et une supposition que je ne leur pardonne pas, une certitude que je ne saurai jamais couic. *Und* que je ne sortirai plus jamais de chez mézigue *und* que je demeurerai en demeure *mit* mes vioques. Subséquemment, je prends le zébu par les mandibules.

Moi-même au Top Gang :

– Dans le dessein de prendre la décision franche et complète au chapitre gus de compagnie, il me faut connaître les intentions des bécoteurs en lice.

Ellen :

– Qui sont-ce ? Je veux dire qui, que, quoi, dont, où est considéré comme bécoteur ?

– Ellen, suis, ma Grande. Les bécoteurs en lice sont Scooterino et Super-Canon. Scooterino m'a fait savoir qu'il était plus célibataire que le célibat et libre pour mézigue. Néanmoins et de l'autre jarret, il ne m'a pas couru après pour m'empêcher de monter dans ma micheline. Et Super-Canon a juste eu le temps de me passer le bonjour. Une seconde après, il se trissait avec la Nouillasse. Conséquemment, l'interrogation est la suivante : Super-Canon s'est-il pointé au concert dans le dessein exprès de voir ma personne ou est-il en volonté de non-dépassement du stade poteau ? En foncé, quelle est la raison de son retour au bercail ?

Roro :

– Nécessité d'enquête subreptice menée par individu discret pour obtenir réponse. Et si je dépêchais mon Sven. Il pourrait revêtir son falzar camouflage.

Bibi :

– La réponse est *le non*.

Jools :

– Et si on demandait à la Marrade de se rencarder finement ?

Ellen manque de choir sous le poids du contentement.

– Oh, oui. En fait, je veux dire, je pourrais, ben, peut-être que je pourrais, genre, l'accompagner ou quelque chose. Être comme qui dirait son assistante ? Mais à ce compte-là, ça pourrait paraître, style, trop rentre-dedans ou quelque chose. Qu'est-ce que vous en pensez… ou quelque chose ?

Votre serviteuse :

– *Le non*, Ellen, sans façon. Je te confirme, c'est pour cette année.

Jas s'est fait la valise dans Jasland. Elle est en tripotage de frange frénétique. Et je mettrais ma paluche au coupe-ongles qu'elle délire en interne sur son Craquos *und* autres mulots.

Mézigue :

– Il y a quelqu'une parmi la compagnie qui connaît le frère de Robbie par battant, dégoiserons-nous, et qui pourrait découvrir des trucs et des machins par l'entremise de la subtilitude hybridée décontracture ? Je me goure ou je me goure, Jasounette ?

En entendant son nom, l'enfrangée lève la truffe tel le canidé.

– Qu'est-ce que tu blablates ? Tu veux que je fasse quoi ?

– Que tu entres en connaissance des intentions de Super-Canon par le biais de questions alertes à ton Craquos.

– J'ai pigé. On peut y aller maintenant ?

– Je te rappelle le mot de passe, Jasounette. Décontracture. Décontracture. Tu peux répéter après mézigue ?

La copine enfourche aussitôt son chiffon de bataille.

– Je te signale que je sais faire preuve de décontracture.

– Non pas.

En paddock

17 h 00 Total exténuée je suis. Me gour-je ou la décontracture est à la portée du deuxième quidam ? Pas de celle de Miss Frangette à qui nous dûmes prodiguer quatre heures d'entraînement massif. On aurait cru blablater à un lemming en jupe.

De prime abord, nous tentons l'approche perso de la fille. De mon humble (mais conforme) avis, toujours une erreur. Pour Miss Frangette, décontracture rime avec : « Dis-moi, Tom, Robbie en pince pour Georgia ? Ou bien il est normal ? »

Obligée de recourir à la ruse d'Arapaho pour circonvenir la potesse.

Mézigue :

– J'ai une idée. Tu as souvenance de ton interprétation magistrale de Lady MacFesse et tout le toutim, Jasounette ?

Jas :

– *Le positif*. Ça m'avait vachement demandé, en fait. Tu te rappelles la scène avec le poignard, quand je…

Oh, nooooooooooon. Trois millions d'années auront passé avant qu'elle ait clos l'évocation de ses prouesses théâtreuses en bahut.

J'y mets un terme en lui filant l'accolade de force

soixante-treize qui lui coince la caboche sous mon dessous d'abattis.

Moi :

– *Le oui, le oui.* Que je t'explique le concept.

Je requiers de l'enfrangée qu'elle improvise sur le thème « je pose une question à Tom en décontracture », style comme en vaudeville. Jas raffole de la chose, vu sa propension au léchage de croquenot d'enseignant.

Rosie signe comme volontaire pour jouer Craquos.

Roro :

– J'ai le jambonneau idoine.

Soit dit en pasant, je m'inquiète un *chouia* de la voir sortir promptement une fausse pilosité faciale de son sac à échine.

Bibi :

– Juste une question, ma Roro, tu trimballes toujours de la pilosité faciale en sac ?

– On ne sait jamais.

La fiancée du géant des steppes glacées est quasi dégobillée aux confins de la siphonnitude. À cette micheline-là, la potesse est à trois didis d'obtenir son certificat de résidente permanente à Givre-City.

Mais revenons à nos chèvres, Jas déambule de-ci *und* de-là tel le dindon, en agitant sa frange à l'adresse de Tom (ou plutôt Roro embarbée, telle que nous la connaissons). *Sehr sehr* irritant. Je suis au bord du spasme de nerfs à forte résonance magnétique, forcissant attaque fatale.

Bibi :

– Tu peux m'expliquer au juste ce que tu fabriques ?

Jas en chiffonnade :

– J'entre dans le personnage.

– Mais tu joues tézigue !

La copine me décoche le zieutage suggérant que je viens de choir de son pif.

– Je cherche mon moi intérieur.

Nom d'un ornithorynque en liberté conditionnelle. À n'en pas douter, son « moi intérieur » est une chouette.

Au bout d'un siècle, l'enfrangée est fine prête et se meut vers Roro en tortillant du croupion telle la donzelle en stupidité.

– Oh, Tom. Devine ce que j'ai trouvé dans les bois ? Du popo de mulot !

Tom/Roro (*mit* accent de *le bel France*, dont j'ignore la raison. Vous allez voir qu'à toutes les beignes, c'est la pilosité faciale qui veut ça) :

– Sans blague, ma poulette ! Ça te dirait de bécoter ma barbe ?

Jas *mit* fard de gros calibre :

– Ben, *le oui*, ça me dirait... mais en privé, pas devant tout le monde.

Obligée de mettre un terme à ceci. On se croirait en film à caractère perversogène, style *Les Deux Givrées au pays de l'homosexualiste à forte pilosité faciale*.

– Dis, Jasounette, tu passes à la vitesse supérieure ou flûte ?

Comme d'accoutumée, Miss Frangette pique le courroux au premier prétexte accouru.

– Je te ferai dire que je me mettais en condition. De toutes les manières, c'est idiot de m'entraîner à la décontracture. Je n'en ai pas besoin.

– Ben, dans ce cas, comment se fait-ce que tu ne nous livres pas la démo ?

L'enfrangée me décoche le zieutage à forte concentration vinaigrée, mais finit par reprendre le stage en décontracture après que Mabs l'amadoue au bonbec.

Jas à Roro, qui arbore présentement la bouffarde :

– Tommy chéri ?

– *Le oui.*

– Tu sais quoi ? Je cogitais à Robbie. C'est chou qu'il soit rentré, non ?

– *Le positif.* C'est *le magnifique.*

Pas la peine de m'insurger du recours à l'idiome du Pays-de-la-Baguette-à-Béret, étant octroyé que Roro est ni plus ni moins qu'en train de se tresser la pilosité faciale.

Jasounette :

– À ton avis perso, Tommynounet, Robbie est revenu en Angleterre pour cause de mal du pays et de ses poteaux ? Tu crois qu'il va rechanter avec les Stiff Dylans ?

La copine me déplace en perplexité. Ses questions sont quasi estampillées bonne qualité, le mode est gracile et elle réussit le prodige de ne pas mentionner mon blaze. Nom d'un carcajou encarté.

Le tout n'ayant requis que quatre heures et demie de torture. De toutes les façons, obligée d'en rester là, car le digne représentant du Pays-du-Renne-Glacé déboule parmi les végétaux en poussant le yodle (certifié sur facture).

17 h 30 Quel est le moment idoine pour grelotter Radio Jas ? À l'heure qui sonne, elle s'est sûrement entretenue avec Craquos ? Révision de discipline et de patience préconisée, assurément.

17 h 31 Coup de bigo à Jas.

– Jasounette.

– *Le quoi ?*

– C'est mézigue.

– Génial, c'est mézigue aussi.

– Jas, ne commence pas.

– Ben, je ne fais rien.

– Ben, si.

– Ben, non.

– Ben.

Et je lui raccroche au blair. Ça lui fera les nougats.

Deux minutes après – Jas ? Tu as découvert quelque chose ?

– Oui. Je vais manger des œufs brouillés au dîner. À plus.

Et elle raccroche.

Fichtre.

J'ai ma fiertitude, Notre Seigneur en soit remercié. Nul quidam ne peut me la retirer. Pas question de solliciter nouvellement dame Frangette, surtout si elle est en gavage d'œuf.

18 h 00 Ceci relève de la torture, nonobstant je tiendrai bon. *Le toujours, le toujours.* Œuf-Woman n'aura pas ma peau.

18 h 10 Coup de bigo à Rosie dans le dessein de lui faire grelotter Œuf-Woman et subséquemment de lui tirer les asticots du pif, mais pas de la part de bibi.

18 h 20 D'après sa Mutti, Roro est au cinoche *mit* Sven. Ben, voyons. Je vous livre le titre du film : *Numéro sept sur l'échelle des trucs qu'on fait avec les garçons.*

Inutile de m'adresser à Ellen, Jools ou Mabs, vu le risque de crachat de morceau à Œuf-Woman. Le drame de ma vie, c'est que les potesses n'ont même pas leur certificat d'études primaires en bobard. C'est ni plus ni moins qu'une malédiction.

19 h 30 La fille est *sehr sehr* irritante. Elle ne me passera jamais le coup de grelot en situation de chiffonnade déclarée.

19 h 35 Pas de coup de bignou ni couic de Scooterino. Si ça se trouve, il me croit réellement en démence, ou partie quelques jours en villégiature à Aliénée-City par voie ferroviaire. À ce compte-là, le Transalpin est lui-même en démence certifiée.

Une supposition que je me page tôt, une certitude que je fais un arrêt à la station beautitude dermique (en foncé : application de détrompe-couillon *und* tonique), histoire d'être prête au cas où je choirais par le truchement de l'inadvertance sur un de mes possibles gus de compagnie et sur le chemin du Stalag 14 demain.

20 h 15 Nom d'un grand koudou en robe des champs, j'affiche le très jeune âge *mit* la figure rutilante et proprette. De l'autre nunga-nunga, je suis plus glabre que le chauve sur l'ensemble du bâtiment, à l'exception de la caboche, il va sans dégoiser. Je ne brigue pas le look tête d'œuf d'oncle Eddie.

Maintenant que vous abordez le sujet, j'ai la perruque un couic barbifiante au chapitre couleur. Elle manque d'un je-ne-sais-qui hybridé umph.

En salle de bains

Cinq minutes après Ahahahaha. Mutti a de la coloration de perruque, nuance « Chocolat chaud ». *Le sympa* et *le cool* pourrait me conférer. Il suffirait de quelques mèches sur la devanture, style balayage, à moins que, dans ce cas, ce ne soit remblayage. Je l'ignore. Dans tous les cas de figure, c'est de la teinture, ce qui modo grosso est l'essentiel.

Coloration en paluche, je pénètre en salon. Pourquoi ne m'en suis-je pas abstenue ? Mutti *und* Vati sont vautrés l'un sur l'autre et sur canapé, en train de zieuter un vieux film à base de vociférations *und* gus en collant *und* sosie d'oncle Eddie en robe de bure.

Mutti :

– Viens regarder *Robin des Bois* avec nous, Gee. C'est génial.

– Mutti, je t'emprunte un peu de coloration de perruque.

– Non.

– Sans te commander, tu penches vers le négatif.

– Non.

– Mais je…

– Non.

– Mais mate la couleur de mon toupet ! Elle est plus nulle que la nullité. À ce compte-là, la souris invisible et mézigue, c'est du pareil au même.

– Non.

– Mais je…

Vati :

– Georgia, non, non, non et trois fois non. Et aussi non.

– Vati, je te ferai dire que je ne m'adresse pas à tézigue. Je sollicite de ma Mutti chérie un chouia de sa coloration de perruque.

– Ce n'est pas la sienne, mais la mienne.

Le quoi ? ? ? ? Que me fredonne le vioque ? Sa coloration ? Non guilleret de se laisser pousser des mini-blaireaux en zone mentonale *und* de porter le falzar en cuir *und* de conduire une clownomobile, Vati vise le poste de Lady Cliff Richard. Ou plutôt de Lady Paul McCartney.

– Dis-moi que tu me joues la blague, supplie-je.

Vati :

– Pas du tout. Je suis un homme dans la fleur de l'âge. Tu n'as qu'à demander à ta mère.

Pour souligner son propos, l'homme se livre à un geste révoltant dont il est *le trop dommage* coutumier. Il saisit le nunga-nunga maternel et lui imprime une pressuration assortie d'un pouet-pouet ! ! !

Mutti ne lui file même pas le ramponeau. Elle minaude !

– Arrête, vilain garçon !

Vati toujours sur planète Maboule :

– J'ai envie de me rapprocher des jeunes, Gee. Tu vois, quoi ? Me teindre les cheveux, ressortir les vieux pantalons en cuir et jeter un coup d'œil aux nouveaux bars. Lequel me conseillerais-tu ?

Je manque de peu le collapsus en visualisant la tombée par le truchement de l'inadvertance sur mon Vati et ses poteaux lamentables au Bouddha Bar ! ! ! ! Les chances de ramener un Super-Canon ou un Sublimo, ou même Norman le Boutonneux, dans mes chaluts se réduiraient à derme de lapin. Mon géniteur imitant Mick Jagger en gigue peut ouvrir en grand la pompe à chouinade des populations. Et pas sous le gnon de l'admiration.

En cuisine

21 h 00 Ingestion de toast recommandée pour recouvrer paisibilité.

Je suis en beurrement quand Libby, ma sœurette, pointe la caboche hors du séchoir.

– Saggut, Georginette. Viens dans mon nid. Tout de suite.

– Libbynouette, je suis trop grande pour rentrer dedans.

– Non.

– Si.

L'enfant se fripe sensiblement de la face *mit* grognements accompagnés de *tss tss tss tss* tels qu'esgourdés de la bouche de Mutti. L'inquiétude me gagne. Je ne suis pas fan de la figure fripounée qui annonce d'us un acte douleurogène dans les secondes qui suivent.

Quoi qu'il en soit, l'heure de la souffrance n'a pas sonné pour mézigue. Ma sœurette réintègre son « nid ». Ce qui n'est pas le cas de la Barbie plongeuse sous-marine qui gicle *fissa* du placard, suivie de M. Patate, de la poupée Pantalitzer (du moins le cigare) et après moult tollés, ahanements et ho hisse, de Gordy décrivant un arc de cercle de belle envergure avant d'atterrir en chassé glissé sur l'égouttoir. Le minifélidé s'adonne prestement au tremblement frénétique de membres avant de se catapulter telle la fusée par la chatière.

Ressortie de caboche et de placard de Libby *mit* sourire chocottogène.

– Viens, Gee… N'est chooooooooooou.

Oh, Notre Seigneur. Couic ne me retient cette délicieuse soirée m'empêchant de me faufiler tel le chausse-nougat en séchoir et en compagnie de ma petite frangine diplômée en givrage premier cru.

L'enfant me zieute droit dans la mirette et me déclare ceci :

– Je t'aibe très fort, Georginette.

Aaaaaaaaaaaaaah. Au moins, elle « m'aibe ». Pas comme ma soi-disant meilleure potesse, Jas, plus décédée que le décès sur mes registres, étant octroyé qu'elle n'est pas fichue de s'acquitter d'une tâche de petit format.

Cinq minutes après Pliée en deux *und* en obscurité *und* en séchoir, la rotule quasi dans le pif. La mouflette a mis de la denrée alimentaire de côté. Un bonus si on raffole du tronçon de banane accommodé au bourron de poussière.

23 h 00 La mère de famille réussit à convaincre l'enfant de quitter son « nid » en lui délivrant le permis de roupiller dans mon paddock. *Le merci*, Mutti.

La production de ventosités de l'enfant est considérable pour une bambine de faible vieillesse. Libby a le petotto assourdissant, qui plus est à forte teneur odoriférante. Une supposition qu'un quidam gratte une allouf, une certitude que l'explosion propulse *fissa* la cantonade sur Pluton et retour. Avec, en sus, de quoi faire tourner la gazinière toute l'année.

23 h 20 J'oubliais le ronflement. On croirait du faux de marrade, sauf que je ne me poile pas.

23 h 25 Tentative de poussement de sœur sur tranche, dans le dessein d'arrêter la turbine. Prise de pain sur caboche pour toute récompense. La gosse pratique la violence, même en coma profond.

23 h 30 Je m'interroge sur la raison véritable de la revenue de Super-Canon. Ne me dites pas que c'est pour voir Lindsay la Nouillasse. Ce ne se peut. Tom m'aurait mise au sent-bon si d'aventure son frangin en pinçait pour icelle. Je mettrais mon cigare au fourneau qu'elle lui a envoyé la missive fourrée à la gentillesse falsifiée. Je ne vois pas ce qu'il peut lui trouver. Cela dégoisé, il faut zieuter la vérité en face. Super-Canon a effectivement été son gus de compagnie avant d'être le mien. Et icelui *und* icelle ont forcément occupé leurs mimines à quelque chose durant leur idylle. Ils ne devisaient quand même pas du non-front de la Nouillasse.

Il l'a forcément bécotée. Trois mois de fréquentation mutuelle nous font de l'occasion de bécot à foison. À tous les pains, elle devait avoir la lippe en pulpe majeure, vu son déficit en fiertitude. Je me demande quel numéro ils ont atteint sur l'échelle de Richter.

Cinq minutes après Pas le sept (caresses en partie supérieure du corps), assurément. Sinon son nunga-nunga de contrefaçon aurait fait une apparition surprise. *Mit* bol, c'est ce qu'il est advenu ! ! ! ! !

Si seulement.

De toutes les manières, je ne veux pas de son nunga-nunga en caboche. Sortez !

Deux minutes après Lui plais-je ou non ?

Une minute après Me plaît-il ou non ?

23 h 40 Attendez une nanoseconde ! La réalisation d'un truc me frappe telle la foudre. J'ai comme qui dirait l'impression d'être de retour à la case égouttoir de l'amour ! ! ! Mais comment se fait-ce ?

Le désolé, mais je ne crèche plus à cette adresse. Je dis non, non non et tierce non à l'égouttoir. Je suis une quidam libre. Pas question de décevoir Harley Davidson, la suffragette qui s'est saucissonnée au représentant de la maréchaussée *und* jetée sous les sabots d'un équidé, dans le dessein de me faire obtenir le droit de vote.

23 h 50 Toutefois, je dirais que le jeté sous sabot d'équidé pour obtenir la permission de mettre un bulletin dans l'urne penche franco vers *le beaucoup*.

Une minute après D'autant que Harley trépassa. Subséquemment, la suffragette ne put voter.

Deux minutes après Pas plus que mézigue.

Total, comme je le fis remarquer en maintes occasions, l'histoire n'est que fadaises.

Minuit De l'autre flanc, Scooterino m'a fait comme ça : « Maintenant, je suis un homme libre. » En foncé, le Transalpin est en souhait d'être mon gus de compagnie. Voilà tout. Je me suis rendue chez la marchande d'éclairs fourrés à l'amuuuuuuuuuuuuur et j'en ai pris un à la mozzarella.

Cinq minutes après Nonobstant, j'en ai un deuxième dans mon petit panier répondant au doux blaze de Super-Canon, en cas de creux non contentable par le mozzarella, pour cause de déficit en nutriments.

Cinq minutes après À toutes les baffes, certaines quidams, que je ne nommerai pas (Jas), seront tentées de me ranger dans la catégorie gloutonne. Mais je m'inscris en faucille. J'ai le choix, c'est tout. Je ne suis pas la fille lamentable telle la susmentionnée en fréquentation d'un gus de compagnie à l'unité, pour cause de manque flagrant de mérites. Si ce n'est celui de repérer tel le sonar la chouette la plus nulle en activité *und* le mulot de même essence. Celui aussi de posséder la collection de couvre-fesses taille giga XXL la plus exhaustive de l'hémisphère Nord. Et de pulvériser haut la paluche tous les records de demeuritude.

Deux minutes après *Le positif,* je confirme, Notre Seigneur a eu l'extrême amabilité de m'octroyer le couple de mérites.

Une minute après L'expérience est pour le moins chocottogène. Je viens d'ouïr la voix de Dave la Marrade au moment où je disais par voie interne : « un couple de mérites ». L'expert en poilade me faisait comme ça : « Ah, oui… tes nunga-nungas. » Le gus affiche la canaillerie, même lorsque je l'invente en caboche. Par le fait, c'est de la canaillerie puissance canaille. Je dégoiserais même plus de la canaillerie par contumace.

Chaque fois que je cogite à la Marrade, c'est bien simple, la marrade me saisit. Je suis en souvenance de l'expert éteignant toutes les loupiotes (par le truchement de l'inadvertance) pendant la représentation de *MacFesse* en bahut et la forêt de Dunsinane chutant de la scène telle la seule femme. *Le trop riant.*

Une minute après Pareillement divertissante son invention « culottale ». Appliquée, par exemple, à sa célèbre ritournelle « Les collines résonnent du chant des culottes ».

Deux minutes après Toujours au catalogue des prouesses rigologènes de la Marrade, le panneau À VENDRE qu'il achemina sur le toit de son bahut. Hahahahaha !

Une minute après Tais-toi cerveau ! La zone est démarradée.

Cinq minutes après Une supposition que j'opte pour le Sublimo, une certitude que ça fera les arpions à Super-Canon. Il n'aura qu'à se prendre une chambre à l'auberge des Cœurs-Brisés, comme bibi après qu'il m'a laissée choir. Je lui recommande vivement la suite Chouinade.

Minuit et demi De l'autre rein, le Sublimo ne m'a jamais envoyée à l'auberge des Cœurs-Brisés. Sauf, je subodore, la fois où je me suis vue au bord de la réservation de chambre pour cause de sézigue réclamant un délai d'une semaine pour me déclarer si oui ou flûte il me filait l'exclusivité de son battant.

0 h 40 Mais c'est de l'autrefois. Or, aux dernières *news*, Scooterino m'a déclaré ceci : « Je suis à toi, si tu veux ? » Annonce classée *sehr sehr le positive.*

0 h 45 *Le bon nuit*, mon Sublimo.

0 h 50 J'espère que le Transalpin n'a pas trouvé curieux que je prenne le train en parc.

À la mi-nuit.

Alors que l'absence de gare se fait cruellement sentir dans les alentours.

1 h 00 Faisons preuve de la justesse, je n'ai pas octroyé la chance à Super-Canon. Je devrais peut-être me fendre de la converse avec sézigue avant de me jeter sur le premier éclair accouru.

1h10 Je suppute que pas plus le Sublimo que Super-Canon n'envisagerait la gussette de compagnie en multipropriété…

Zzzzzzzzzzzzzzzzzzzzzzzzzz.

« TOUT SCHUSS SUR LE DISCO DU POPO DE PIF »

Lundi 18 juillet

8 h 00 Le jour d'hui marque la partance du reliquat de mon existence. Conséquemment, je pose la question : *warum* ai-je la perruque façon goret-épic ?

8 h 10 Chopée en flagrant repassage de perruque par Mutti. Je ne vous raconte pas la fenaison que me fait la mère de famille. Si ça se trouve, c'est la première fois qu'elle voit un fer à repasser. Nom d'un tarsier de l'Est repenti. Et que je te délire et que je te délire. Note, si ça lui fredonne.

Mutti, la figure plus brique que la brique :

– À vingt-cinq ans, tu auras des cheveux comme du Nylon.

Mézigue :

– Je m'en bats la mirette avec une patte de maki kata de la bobine que j'aurai à vingt-cinq piges ! À l'époque, j'aurai emménagé à Dégringolade-de-la-Vie-City. Comme tézigue.

Une supposition que je n'aie pas pris mes jambonneaux à mon cou, une certitude que la brosse à perruque de Mutti m'infligeait la blessure douleurogène. Cette femme n'a pas la maîtrise de son nerf.

8 h 20 Fouille au corps de la cuisine en vue de me sustenter. Bout de chance, un toast jaillit du grille-miche tel le spoutnik. Je l'accommode au beurre et le boulotte sur-le-pré. Nom d'une antilocapre jusqu'auboutiste. Le statut de Sublimette me file l'appétence.

Intrusion du père de famille père-de-familIant en cuisine. Pas le bon jour ni couic, l'homme passe direct à l'interrogatoire :

– Tu ne serais pas en train de manger mon toast ?

Bibi :

– En honnêteté et à mon avis perso, tu n'es pas en besoin de toast. À te zieuter, on dirait que tu en as entreposé deux trois quintaux par-devers ton fute.

Comme d'us dans la cambuse, chaque fois qu'un quidam (mézigue) se risque à la légèreté hybridée hilaritude, Vati pique la crise insolite.

Intrusion de Mutti en cuisine et en tentative d'enfilement de salopette de Libby alors que l'enfant se cramponne à son bol de céréales lactées telle l'arapède au roc.

Vati en plainte continue sur mézigue :

– Connie, tu peux me dire où Georgia a appris à être aussi grossière ? Tu es trop permissive avec elle.

Mutti :

– Je sais. Elle s'est repassé les cheveux.

Le père, qui a perdu souvenance de l'épisode toastesque, enfourche ce nouvel équidé de bataille en beautitude. Or, tout un chacun est au jus que l'homme n'excelle pas dans le domaine.

– C'est totalement ridicule ! Tu vas finir comme oncle Eddie !

Mézigue :

– Reçu vingt-sept sur trente-trois, sous prétexte de m'être raidi la perruque, j'ai une malchance de virer gus siphonné en pétrolette. Je serais tézigue, j'avertirais la gent féminine en totalité mondiale.

8 h 30 Je suis en haine de mes géniteurs. Leur givritude atteint des sommets non dégivrables.

8 h 35 *Und* ils ne pensent qu'à leurzigue. Les vioques n'ont pas l'air de capter que leur vie est terminée, et que leur rejetonne est sur-éclairée.

8 h 36 Quasi vomie devant chez Jas. Nécessité de suinter la quiétude mâtinée inclination amicale. Faisons bureau ras de l'affaire œuf et soyons chou avec Jasounette, dans le dessein de lui tirer le lombric du blair.

8 h 40 Rendue au portail de la potesse, j'avise son popotin onduler dans le lointain. Comme de juste, Œuf-Woman s'est trissée. À tous les soufflets, elle est encore en renaud à mon envers. Déployons le charme de grand diamètre.

Marche véloce pour la rattraper. Puis octroi de méga sourire et prise d'abattis.

– *Le bon jour*, Jasounette, petite potesse en cassonade.

La fille me rejette l'abattis.

– Ne te pends pas à mon bras, Georgia ! Pas question que je te remorque en haut de la pente, sous prétexte que tu es fatiguée.

– Je ne suis pas en fatigue, mais en joie débordante de te voir, ma poulette maxiculottée.

Je lui passe le guili-guili submentonnier, mais la

potesse reste de schiste. Conséquemment, je me plante devant sézigue et lui balance, les mirettes dans les mirettes :

– Jasounette Spasmounette, tu sais que je t'aime.

La potesse tourne plus rouge que le carmin. Un des gus de Foxwood qui nous filent la micheline comme d'accoutumée entre en vocifération :

– Salut, les homosexualistes ! Elle ne veut pas te bécoter ?

Un autre demeuré :

– On peut voir vos nungas, s'il vous plaît ?

Nom d'une moufette rayée sous hypnose.

Miss Frangette en tripotage de frange frénétique :

– Tu es contente, maintenant ?

Remise en route pour le Stalag 14 à la vitesse de la lampe. Tout en cheminant, je passe en mode plaidoirie de ma cause, qui tirerait le sanglot du premier quidam accouru.

– Jas, file-moi le pardon. Tu as appris quelque chose ? La réponse est forcément *le oui*, étant octroyé ta fourniture au rayon intelligence et tes notes en bio et… euh… tout le toutim.

En retirement de pelisse en vestiaire, la potesse se ramollit un peu de la froideur.

– J'ai effectivement eu une converse en décontracture avec Tom, même si tu ne m'en crois pas capable.

– Jas, Jas, je n'ai pas douté une seconde que tu réussirais la décontracture. Ne perds pas souvenance que je t'ai zieutée en couvre-fesses nocturne, plus proche de la détente que le détenteur.

Sonnerie de cloche exhortant toute une chacune au rassemblement. Les jeunesses hitlériennes (autrement dégoisé : les surveillantes) accourent sur zone, dans le dessein manifeste de déambuler telles les demeurées.

Mézigue :

– Je t'en supplie, plie, plie, Jasounette, qu'a blablaté Craquos ?

– Ben, il a dit…

– *Le positif ? Le positif ?*

– Ben, il a dit… qu'il ne savait couic.

– *Le pardon ?*

– Robbie fait une pause au chapitre élevage en Pays-du-Kiwi-en-Folie, mais il ne sait pas combien de temps il reste chez les Grands-Brittons.

C'est tout ? Est-ce ainsi que l'inspecteur Jas de Scotland Yard conçoit la découverte de trucs et de machins ? Je suis limite au bord du coup de latte en tibia quand je me remémore juste à durée que Miss Frangette est ma meilleure potesse et lui décoche conséquemment le sourire à fort intéressement.

Jas :

– Total, j'ignore total si Super-Canon en pince pour toi ou pas…

L'enfrangée n'a pas le temps de poursuivre que Lindsay la Nouillasse passe à côté de mézigue tel le gastéropode, *mit* dans son sillage baveux Monica la Trop Consternante au poste convoité de limace d'accompagnement hybridée collègue en cruche. La Nouillasse s'est fait renouveler l'extension de perruque. Plus lamentable tu trépasses. L'allongement capillaire ne fait qu'attirer l'attention sur son absence de front *und* tendance générale au poulpoïde.

Je force le rire de hyène en fixant l'absence susmentionnée, sous-esgourdant que Jas m'a raconté la blague de la décade à base de non-front.

La Nouillasse :

– Pourquoi ris-tu comme ça, Nicolson ? Tu t'es vue dans la glace ?

Le trop riant ! Je me fends la prune dans les grandes largeurs. Non pas. Néanmoins, la Trop Consternante donne débridé cours à son hilarité, telle la givrée sous traitement givrant.

Votre serviteuse :

– Tu as la perruque *le trop naturel*, Lindsay. La coiffure te va comme la mitaine. Elle met tes traits méga en valeur, surtout tes genoux.

La Nouillasse tournant pivoine claire en zone esgourdale :

– Pauvre tache !

Charmant. *Le trop charmant.*

Mézigue à Jasounette :

– Charmant. *Le trop, le trop charmant.* Quel gus aurait envie de se la fader ?

Q.G. du Top Gang

Récré Roro vient de se faire exploser la bulle de gomme à mâcher sur la totale superficie du blair. Méga poilant. La potesse a comme qui dégoiserait une énorme goutte qui lui pend en frontière inférieure nasale, style popo de pif géant.

Roro :

– Zieutez le pendouillement. Je vous fiche mon biffeton que je peux lui imprimer le mouvement rotatif en accordance *mit* musique. Tel le « tout schuss sur le disco du popo de pif ». Fredonnez-moi la ritournelle et je vous livre la gigue.

Cinq minutes après Pas impossible que je décède d'hilaritude en dépit d'une grillade mineure au micro-ondes de l'amuuuuuuuuur. Faire-part de naissance du « tout schuss sur le disco du popo de pif » imprimé. La gigue se danse au son du générique des *Soprano* et se décline comme suit : balancement de popo de pif à gauche, balancement à droite. Tour complet de sa personne, secousse d'épaules, inclinaison de caboche *und* de face, pendouillement, pendouillement, paluches sur épaules et coup de latte à droite, pendouillement, pendouillement, coup de latte, coupe de latte à gauche, pendouillement, pendouillement, rotation totale de popo de pif et affaissement au sol en tourbillon.

Excellence à tous les étages.

Retour vers une mâtine riche en événements prometteurs de rasage pansu *und* dépression volumineuse.

Mézigue :

– Je vous parie que si on a le popo de pif qui pendouille du blair en cours de germain, Herr Kamyer n'y verra que de la flambée. Nonobstant, en cas de remarque de l'expert en *kneudel*, on n'aura qu'à prétendre le rhume majeur. Passez la gomme à mâcher, les potesses, et mâchons !

Germain

Un triomphe ni plus ni moins triomphal ! À la demande de l'enseignant, l'ensemble apprenant est en traduction de bouquin de germain. Pour ne couic modifier, la famille Saube est en partance vers le camping le plus proche, munie comme d'us de rations de survie taille éléphantiasis. L'épopée arbore l'illustration rigologène, signée d'un quidam atteint de cécité appesantie. La mère Saube ressemble à s'y méprendre à Herr Kamyer en jupe. *Le jamais* ne me lasse du Saube. Pour tout dégoiser, j'ai l'intention d'écrire une petite bafouille à l'auteur du bouquin (un certain A. Schmidt, *le véridique*), dans le dessein d'obtenir l'adresse des Saube. Je suis en volonté de les remercier pour l'allégresse sans bornes qu'ils nous procurent.

Levée de paluche perso annonçant une question Saube à caractère urgent. Trois heures plus tard, l'expert en choucroute avise ma mimine en déshérence.

– *Ja*, Georgia ?

– Sans vous commander, Herr Kamyer, un truc étrange squatte un dessin des Saube. On dirait modo grosso un popo taille prématuré sur une assiette. Toutefois, ce ne se peut.

Herr Kamyer cligne de la mirette derrière ses bésicles compatibles taupe.

– *Ach*, Georgia, mondrez-moi ze dezin. Che vous dirai.

Collure instantanée de popo de pif en gomme à mâcher, déguisée en éternuement massif et en essuie-tarbouif. Suivie de rendement prompt à l'estrade, l'essuie-tarbouif en paravent.

Le chantre de l'idiome de Goethe ne percute couic. L'homme est en intéressement total à l'envers des choses. *Le trop lamentable*, honnêtement. Il croit dur comme zinc que les apprenants sont en volonté d'apprendre des trucs et des machins. Je braque le bouquin sous ses globes oculaires, indiquant d'un didi le popo sur assiette.

– *Ach so*, Georgia, *der spangleferkel*... oh, *ja*. Za me rabelle des zouvenirs de jeuneze. On bartait avec mes camarades faire du gamping dans les bois et on faisait guire des *spangleferkel* en jantant autour du feu de gamp. Comme z'était amuzant, le gamping. Vous auriez adoré, mesdemoizelles.

J'ai toujours l'essuie-tarbouif en écran de fumée, quand le docteur *ès spangleferkel* entonne la chansonnette :

– Donne-moi le feu de gamp *und komt mit* moi au *der liebe liebe Rhein*.

Sur ces entre-fêtes, l'homme retire ses bésicles en vue d'un essuyage en règle. À moins qu'il ne soit en chouinade. Va savoir ? Note qu'on s'en bat la lucarne avec une patte de sifaka. Total, je profite de l'opportunité pour libérer mon maxipopo de pif de toute contrainte dans le but de le laisser batifoler en totale liberté. Je pousse même la capsule jusqu'à l'embryon de « tout schuss sur le disco du popo de pif » en derrière de siège d'enseignant et réussis le prodige de ramener l'essuie-tarbouif à la case départ avant la fin de l'essuyage de bésicles. Mon retour en pupitre est salué par une salve d'applaudissements nourris *und* spontanés de toute la classe. Herr Kamyer, qui la pense en admiration de sa ritournelle fâcheuse à base de camping, lui octroie la révérence. Plus germain, tu décèdes.

Cinq minutes après *Le trop dommage*, l'enseignant est convaincu du raffolement de nos personnes au rayon histoires de camping. Subséquemment, il nous débite de l'activité de plein air à bride abattue, poussage de chansonnettes et grillades sur brasero de camp en veux-tu en voici, dont il garde le souvenir ému.

Vingt minutes après Échange de mots. Prose de Roro :

Chères collègues en givrage

Établissons la grille de points de la prestation popo de pifale. La remarquable libération de popo de pif exécutée par Gee en sommet de caboche d'enseignant lui vaut 5 points. Toute contribution équivalente gagnera 5 points et la première d'entre nozigue à atteindre les 20 points sera fournie en roulés à la confiture jusqu'à la fin de ses jours. Dégoisons les trois premiers, en tous les cas.

Roro, consultante auprès de Saturne
Bizzzzzzzzzzzzz

Comme de juste, la rabat-allégresse de service se manifeste. Jas, pour ne pas la nommer, gribouille qu'elle trouve l'initiative en stupidité *und* infantilisme. *Le franchement riant*, venant d'une quidam limite en bécot de chouette.

Ellen est en mode n'importe quoi. Même à l'écrit. Son mot :

Salut tout le monde, c'est moi,
Euh... concernant le «tout schuss sur le disco du popo de pif», ben, vous voyez, je ne sais pas. Et si... euh... et si, euh... on avait des... euh... style... ennuis? Vous en pensez quoi... ou quelque chose?
Euh... Ellen
Bizzzz

En partance pour le cours de *le bel France*

Jas et Ellen sont en dissidence de gang pour cause de non, partage de convictions popo de pifales. Les potesses feraient bien de grandir.

Le bel France

Flûte *und* zut *und* fichtre ! Rosie m'a rattrapée au point de vue points par l'entremise d'un popo de pif en pendouillement au-dessus de la perruque de la Mère Slack, qui lui corrigeait le devoir. Toute une chacune tente la retenue d'hilaritude, mais l'enseignante détecte *le quelque chose*, car elle lève la mirette, manquant de peu la collision *mit* le popo de pif de mascarade. Sous le zieutage de la Mère Slack, Roro récupère en décontracture le popo par voie buccale et entreprend le mâchouillement. La Mère Slack monte presto sur ses grands équidés et Roro se chope la retenue.

16 h 10 L'heure de rentrer à la cambuse pour certaines. En traversée de préau, le Top Gang avise Rosie derrière le carreau, le blair écrasé sur la surface vitrée, arborant l'apparence du goret prépubère piégé. *Sehr sehr* divertissant. Roro nous décoche le « Je vous adore » muet et se trisse.

En chambre

18 h 00 En paddock. Pas le mineur coup de bigo ni couic de mes soi-disant éventuels potentiels gus de compagnie. Je suis plus seule que la solitude. La Marrade fait itou l'impasse sur le grelottement par les temps qui galopent, même à la poteau en poteaumanie, ce qu'il est, par le fait. Quant à la famille Tape-Dur, elle est en sortie goûtatoire navrante chez des quidams dont elle va saccager la vie par l'entremise de ses idées burlesques *und* du popotin taille cyclope de mon Vati.

18 h 30 À ce compte-là, je ferais aussi bien de me pager *fissa* dans le dessein d'emmagasiner un max de sommeil réparateur. Au cas où l'ensemble de mes gus de compagnie se pointerait dès potron-matou.

Je me demande bien à quoi ils peuvent occuper leurs didis.

Si ça se trouve, j'ai tout conçu. Scooterino ne m'a pas fait la demande d'exclusivité de gus de compagnie. Il requérait simplement le bécot. À moins qu'il ne me croie toujours en pincement pour Super-Canon et conséquemment soit en rebuffade. Si ça se trouve, le

Transalpin a tapé dans le cent. Je suis toujours en pincement pour Super-Canon. Et si ça se trouve, je devrais lui passer le coup de grelot.

18 h 40 *Boum ! Crac ! Bing !* Vocifération ! Vocifération ! Quoi encore ?

Sur ces entre-fêtes, j'entends la succulente voix de mon Vati :

– Nom d'une pipe, cette saleté de chat m'a planté ses griffes dans le derrière !

Ma cambuse est décidément *le ravissement.* Encore un peu et on se croirait chez la reine des Grands-Brittons, vu l'élégance. Simulons la chute dans les abattis de Morphée. Note, tout un quidam s'en bat la mirette avec une patte de *fulvus fulvus*. J'ai déposé requête de respect d'intimité, mais à tous les ramponneaux, je…

Le positif. Ma lourde manque le dégondement.

Mézigue :

– Mutti, je te ferai dire que je suis en roupillement.

– J'en conclus que tu ne veux pas de ta lettre.

Redressement preste en paddock.

– Quelle lettre ?

La mère de famille exhibe la missive.

– Celle-ci. Je l'ai trouvée sur le paillasson avant ton retour de l'école. Je l'ai mise dans mon sac et je l'ai oubliée. Quelqu'un a dû la déposer, parce qu'il n'y a que ton nom sur l'enveloppe.

– Aboule-la prestement. Le courrier n'attend pas le nombre des ans.

– Elle est de qui, à ton avis ?

– Euh… Le papa Nöel. À moins que ce ne soit le gus passé à trépas. Comment veux-tu que je sois en connaissance, étant octroyé que tu as la bafouille en mimine et que, subséquemment, je ne l'ai pas ouverte.

Dix minutes après La mère de famille met enfin les voilages après une incruste d'un quart de siècle dans le dessein d'obtenir le nom de l'auteur. Fourrant son blair dans mes affaires *mit* remarques fades du style :

– Georgia, tu peux me dire ce que fait ma veste en cuir dans ton armoire ? Et mon sac noir ?

Total oiseux, si vous voulez mon avis. Débitant du *tss tss tss* à volonté, tel le *tss tss tss* d'expo en boutique de *tss tss tss*. Pour toute réponse, je lui décoche le zieutage persistant qui la pousse au départ.

Cinq minutes après J'ai de la frisette de nerfs qui rend inexécutable le décachetage de missive. Mon blaze étant écrit en majuscules, impossible d'identifier l'envoyeur.

Une supposition que ce soit Scooterino dégoisant qu'à la vision de ma personne filant telle la bise *und* la demeurée, il s'est rendu calcul que sa liberté pour mézigue était annulée.

Une autre supposition que ce soit Super-Canon disant qu'il n'a jamais cessé d'en pincer pour ma personne et réclamant l'exclusivité de mon battant.

Une tierce supposition que ce soit Oscar, l'apprenti Saindoux, sollicitant le rencard dans le dessein de me faire enfourcher son skate.

Une *quater* supposition que… Oh, tais-toi ! Taistoi !

Deux minutes après En cas de spasme de nerfs forcissant crise de, Appelez-moi-Arnold, curé de son état, préconise de poser l'interrogation suivante : « Que ferait le petit Jésus en pareille occurrence ? »

Une minute après Nonobstant, je ne percute pas *le pourquoi* dans la mesure où le Vati du petit Jésus est en catégorie quidam de forte amplitude à tendance chouettiforme, baguenaudant de-ci *und* de-là en vue de zieuter toute une chose *und* tout un chacun, même en escale au service pipi et Cie. Étant octroyé que Giga S est impotent et à l'origine des origines, il est forcément en connaissance de l'identité de l'auteur de la missive *und* de son contenu, sans avoir à passer par la case décachetage. Il se peut même qu'Il l'ait envoyée Lui-même. Conséquemment, *qu'est-ce que le point* de demander au petit Jésus ce qu'Il ferait.

Si on va par là et par l'entremise de la cogitation à caractère global, la vie n'est que contrefaçon hybridée imposture. On est ni plus ni moins qu'en pantomime, me goure-je ? *Le pourquoi* la population devrait-elle deviner ce qu'il va advenir ? *Le pourquoi* Giga S ne nous met-Il pas au sent-bon direct avant de passer *fissa* à l'exécution ?

Cinq minutes après Une supposition que la missive soit de Scooterino *mit* mot unique qui suit : « Arrivée-d'air-chaud » ?

Une autre supposition qu'elle soit signée Super-Canon *mit* texte que voici : « Le bonjour, Georgia, lâche-moi les croquenots, tu te roules dans l'urine. Je suis total dingue d'une wombat rencontrée au Pays-du-Kiwi-en-Folie et suis en volonté de lui réserver l'exclusivité de mon jeu de gratte en rivière. Soit dit en dégoisant, j'ai écrit une petite ritournelle à Gayleen (ma wombat) que j'enclos dans la présente missive. Son titre est : *Tu es mon marsupial, mon seul et unique marsupial, tu me mets en joyeuseté les jours de grisaille, tu ne connaîtras le jamais les proportions de mon penchant pour tézigue, je t'en supplie ne détourne pas ta trombine velue de mézigue.*

Dix minutes après Tout bien spéculé, je n'ai jamais reçu de bafouilles *le extra* de Super-Canon. La première m'annonçait que je rejoignais la fine pâquerette des larguées et me décochait le conseil de m'acoquiner *mit* Dave la Marrade.

Deux minutes après Si seulement je pouvais grelotter mon conseiller allumage. L'occurrence répond pile aux critères de nécessité de son avis. Sézigue *und* mézigue sommes en zone *le bizarre* depuis qu'il est passé gus de compagnie d'Emma. La fille est trognonne à un point bourdongène.

Ce qui explique peut-être le pourquoi de la sortie de la Marrade avec la fille. Icelle est maxibénéficiaire au chapitre mignonnerie. Conséquemment, le gus ignore comment la larguer.

À moins qu'il n'apprécie la quidam trognonne. La mignonnerie s'étend même à sa perruque. *Und* blair. Irritogène en Satan !

Et malus supplémentaire, elle déploie la mignonnerie à mon endroit.

J'abomine.

Dix minutes après Si ça se trouve, je pourrais deviner le signifiant des mots par le truchement du zieutage d'enveloppe hybridé recours à mes aptitudes psychédéliques. L'autre journée, un gus en liquette froufroutante a déclaré dans le poste que le premier individu accouru était en mesure d'accéder à la médiumnie pour peu qu'il fournisse la concentration.

Aussitôt dit aussitôt maté *mit* un max de concentration.

Cinq minutes après J'ai la mirette plus trouble que le trouble. *Le formidable*, j'ai chopé la cécité. *Le trop bien*, me goure-je ? Même si je passais à la phase décachetage de missive, je resterais en ignorance de ce qu'elle blablate *und* du blablateur.

Une minute après Je recouvre deux dixièmes en visionnement. De toutes les manières, cette infortune constitue une leçon pour l'humanité. Ne jamais accorder la confiance au gus qui s'exhibe en liquette froufroutante pour de normal.

Une minute après A y est. Ouverture de bafouille.

Cinq minutes après Verbatim épistolaire :

Salut Georgia,

Après que tu es partie pour la «gare» samedi dernier, je n'ai pas eu l'occasion de te revoir. Ça te dirait de prendre un café demain soir? Rendez-vous au bout d'East Street à 19 h 30 pour rattraper le temps perdu. Je te promets de ne pas apporter de photos de moutons. Jas m'a dit que tu étais allergique à la nature.

Robbie

Nom d'un spermophile de Richardson embusqué. Pas plus avancée, je suis. La missive est-elle à classer en catégorie bonus ou malus ? Suis-je en joyeuseté qu'elle soit de Super-Canon ? Comment se fait-ce que

Scooterino n'ait pas réactivé le contact ? Qu'entend Super-Canon par « prendre un café » ? En idiome gus, la locution totalise un coefficient de nullité égal à celui du « À plus ».

Une minute après Je pose l'interrogation : « Prendrc un café » veut-elle dégoiser « prendre un café » ? ou bien : « Commençons *mit* un caoua et embrayons *fissa* sur le numéro sept » ?

En nécessité de passer un coup de grelot à Jas.

Son Vati décroche. Nom d'un grand koudou en pourparler. Je ne l'ai jamais esgourdé parler dans le combiné. Jamais vu autrement qu'en suçotement de pipe *und* lecture de journal *und* partance vers d'autres horizons en bottes en caoutchouc raisonnables. En foncé, ce qu'on attend d'un Vati (suçotement de pipe, non-pipement de mot et sortie), mais comment faire percuter ceci au mien ? Mission impossible.

Trois cents ans plus tard, Jas prend le bigo :

– Quoi ?

– Pourquoi tu dit « quoi » de la sorte ?

– Comment de la sorte ?

– Jasounette, ne commence pas. J'ai reçu une bafouille de Super-Canon.

– Il t'a larguée ?

– Le négatif.

– Ah, bon ? ? ? ? ? ? ? Bigre. Je l'aurais cru découragé, en te voyant partir à tire-d'aile. C'est étrange, vraiment.

– Ben, non. *Und* il m'invite à prendre le caoua.

– Bigre.

– Ça t'ennuierait de dégoiser autre chose que « bigre » ?

– Non.

– Quoi, par exemple ?

– Il faut que j'y aille. Craquos rentre chez lui et je ne le reverrai pas avant dix-sept heures et demie.

Oh, Notre Seigneur en *Himmel*.

Quatre minutes après De retour en paddock et en tentative d'élévation de mon esprit.

Je me demande à quel numéro Miss Frangette et son Craquos sont rendus sur l'échelle des trucs et des machins. J'ai relâché l'attention au chapitre vigilance.

Pour l'enrichissement de la science, je ferais bien de diligenter l'enquête auprès du Top Gang au cas où le bécot d'esgourde se serait fait supplanter par une nouveauté nouvelle à ajouter à l'échelle de Richter.

Dix minutes après Cela dit, j'ignore pourquoi tant m'en chaut. Étant octroyé qu'en ce qui me concerne, il pourrait ne pas y avoir d'échelle du tout. Telle que vous me zieutez, je suis totale débécotée. Un statut pour le moins inaccoutumé chez la fille censée attirer le gus comme le miel *und* avoir pléthore de Sublimo *und* Super-Canon en stock.

Si je fais l'addition, à quand remonte mon dernier bécot gussal, voire mammifère ? (Je ne fais pas entrer en comptabilité les langue-langue inopinés de Libby.) Si ça se trouve, j'ai perdu la compétence. Et ferais bien de passer à la phase révision, au cas où le mode pulpitude serait requis lors de mon entrevue *mit* Super-Canon.

À quel exercice grotesque Jasounette Spasmounette se livre-t-elle déjà ? Ah, oui. Pulpe, relâche, pulpe, relâche.

Cinq minutes après L'entraînement bécotal me met sur les tibias.

Deux minutes après J'espère que cette fantaisie en pulpe majeure ne va pas m'accorder l'appendice buccal taille Mark Grosse-Bouche. Je ferais bien de ne pas forcer, n'ayant pas connaissance de gus en souhait de sortir *mit* le mérou.

À quelle date ai-je bécoté Super-Canon pour l'ultime fois ? Par le fait, où se trouve sa bafouille du Pays-du-Kiwi-en-Folie ?

Une minute après Trouvée. Je l'ai dissimulée en sommet d'armoire, le seul parage de ma soi-disant chambre à l'abri du fouineur.

Une minute après Quelqu'un peut m'expliquer au juste ce qui pousse un félidé à boulotter de la missive ? *Warum ?* Ce ne peut être la faim. Nonobstant, l'embrayage sur le questionnement à base de chat conduit invariablement au ticket d'entrée gratis pour le congrès international du givré en givre aggravé. Pourquoi le matou grignote-t-il de l'araignée ? Je vous pose la question. Vous n'allez pas me vanter la valeur nutritive de l'arachnide, me goure-je ? Sans calculer qu'Angus ne l'ingère pas pour de véritable, il se contente de la laisser pendouiller de sa commissure à la mode non ragoûtante.

Deux minutes après Décryptage de bouts de bafouille mâchouillée. *Und* retrouvaille de mon stylographe à encre porté disparu. Manifestement passé *und* repassé sous quenottes félidées. Ne me dites pas que père et fils matous sont en écriture de bouquin : *Cent trucs félidés irritogènes à destination de votre maître non velu.*

Planquer ses trucs et ses machins dans le dessein de les boulotter.

Infaillible ! Trempé par la hallebarde, lui bondir sur les rotules et squatter l'emplacement en vue d'un séchage confo.

Poser séant sur muret et se contenter de le zieuter.

Cinq minutes après Ci-devant tout ce que je peux reconstituer de la bafouille de Super-Canon : « Tom m'a raconté ton numéro dance sur *Magnolia For Ever* et tu es, de façon atrocement chou, je précise, très probablement aliénée. »

Ceci ne reflète en aucun cas le degré de sophistication auquel j'aspire.

20 h 20 Dans le dessein de me remettre dans la douche, je me repasse la ritournelle que Super-Canon enregistra jadis à l'intention de mézigue avant de se trisser au Pays-du-Kiwi-en-Folie.

20 h 45 En revanche, ce dont je m'abstiendrai, c'est de poser la caboche sur sa rotule si d'aventure il me fredonnait *Je ne suis pas là*. La souvenance me revient que je commis l'erreur en parc l'été qui précéda sa partance. La position m'offrait la vision panoramique de sa cavité nasale, pour peu que je fusse en volonté de lui zieuter le sinus. Mais je ne pouvais, étant octroyé que j'avais la mirette close et le cigare en balancement rythmique au son de la ritournelle.

Deux minutes après Une autre souvenance se présente au guichet. J'avais la pustulette en germination et en décoration faciale ! *Le* *trop génial*. Je n'aurais jamais dû évoquer la pustulette. À tous les pains, elle va rappliquer.

Une minute après Pas question de laisser le stress gagner ma personne. C'est face le genre de truc dont raffole la furonculose. Soyons quiète. Om.

Trois minutes après Sonnez hautbois, résonnez musettes, mes poteaux sur pattes, Angus et Gordy, son ado, prennent leurs quartiers de nuit en paddock de mézigue. Top chou d'avoir les turbines à ronron en berceuse. Une fois n'est pas d'us, les félidés semblent choir de sommeil.

Alors *le bon nuit*, monde. Super-Coquine tire sa révérence.

Dix minutes après Ben voyons. Le quidam normal écope de l'animal de compagnie. Bibi, des monstres velus. Après un nivellement de paddock en règle à grand renfort de mille pas fourmillants, le félidé s'adonne à l'heure où je vous blablate à du pitrouillage intensif de ma personne hautement irritogène *mit* griffe au garde-à-vozigue. Je suis ni plus ni moins que malaxée telle la pâte à modeler.

À cette micheline-là, je vais terminer spectre à mirettes creuses si je ne décroche pas mon quota de sommeil réparateur. Passage obligé à l'exercice de quiétude en caboche. Ommmmmmmmmmmm. Ommmmmmmmmmmmm.

Nom d'un hippotrague sur orbite. Intrusion intempestive de Mutti en sanctuaire perso interne, avec, sous l'abattis, le suppôt de Satan en couche noctambule *und* serre-caboche à antennes.

Bibi :

– *De quoi* encore ? Que requiers-tu ?

Le trop génial, fourrage de ma sœurette en paddock de ma personne pour cause de non-volonté de sézigue de roupiller sans mézigue.

Moi-même :

– Mutti, je te ferai dégoiser que la loi européenne contre la surpopulation paddockale a forcément été promulguée. Je mettrais ma paluche à cisailler que, même en contrée de non-riches, la population n'est pas en obligation de roupiller *mit* autant de trucs *und* de machins *und* de quidams que bibi.

Mutti :

– Ne sois pas ridicule, Gee. Lis donc une histoire à Libby pour qu'elle s'endorme.

Libby me file un ramponeau de bouquin sur le pif de force seize et vire Gordy du paddock dans le dessein de s'installer confo. Mini-Bigleux le prend très mal et manifeste son désaccord *mit* force miaulements *und* tremblements, avant de passer le savon de l'année à la loupiote de chevet. Puis retour en paddock par l'extrémité sud assorti d'un creusement de tunnel sous les couvrantes terminé par un débouchage de bobine de chat entre le bouquin et mézigue, avec crachats à la face. Nom d'un cheval de Prjewalski en déficit de produit intérieur brut.

Libby :

– Aaaaaaaaaaah, chouuuuuuuu et confo. Lire livre sur Cendrimachin, Georginette. Maintenant.

Je le déclare sans ambages, votre serviteuse n'est autre que l'esclave de cette famille de givrés garantis sans additif, velus ou non.

Dix minutes après Nom d'un couguar en perte de vitesse, dire que je qualifiai *Heidi* de rasoir (fromtogome, biquettes et vioques grincheux à perte de vue), mais je le dis élevé *und* fort : *Cendrillon* pulvérise tous les records homologués en barbitude et accablement aggravé. Que je vous livre l'histoire. Cendrillon vit *mit* ses belles-frangines hideuses qui ne peuvent pas l'encadrer pour cause de beautitude de sézigue. Nonobstant, je ne jette pas le caillou aux mochetés. À zieuter le portrait de Cendridri dans l'opuscule, je serais tentée par le coup de boule. Elle a le pif en clarinette à fort pouvoir irritogène.

Je brade la lecture dans le but d'en terminer promptement :

– Cendridri fait son sol. Un gus en déficit de masculinité et moumoute se pointe à la cambuse pour inviter les frangines au bal. Cendridri, qui n'a pas un truc à se mettre à part du haillon, doit faire l'impasse sur la gigue. Mais voilà qu'une donzelle ailée rapplique et lui change la guenille en toilette de soirée, trois quatre félidés *und* rongeurs de passage en chevaux et une citrouille en goguette en carrosse. Chouineuse Ire (Cendridri) gigue comme une folle *mit* un gus en déficit de masculinité et moumoute (pas le même qu'au début), se trisse à la mi-nuit, essaie un croquenot et épousaille prince Moumoute. Fin.

Le conte provoque chez l'enfant une hilaritude de grande envergure. Ne me demandez pas *le pourquoi*. Je refuse d'être en connaissance de la raison. Rendez-vous calcul, c'est la race de fabliaux que la démente irresponsable (ma Mutti) fait lire à sa progéniture. Pas étonnant qu'icelle tourne aliénée et déambule couverte de bouts de manger de chat.

Comme de juste, l'imposture hybridée fac-similé vire à la totale sauvagerie quand la douce enfant entreprend de changer Angus en équidé, tel que décrit en conte et, dans ce dessein, balance le méchant coup de baguette magique (ma raquette de tennis) au félidé senior. La suite est connue du grand public. Le vase et son couvre-vase tricoté de la paluche de Maisie, la fiancée de mon Grand-Vati, passe *fissa* à l'histoire ancienne. Super-Matou bondit tel le cabri (pas à salement parler changé en équidé) sur le rebord de croisée et, par le fait, envoie valdinguer de-ci *und* de-là CD *und* photographies *und* vase susmentionné.

Comment attendre de mézigue la relation bécotale en top correction avec le premier quidam accouru quand je demeure en cambuse sous-équipée au rayon normalitude.

Mardi 19 juillet

Stalag 14

Quasi contrainte de passer par la case repassage de figure pour cause de roupillement face contre terre et en raison d'une exténuation de force quatre-vingt, suite au n'importe-quoi *und* fariboles nocturnes. J'ai le pif plus plat que la crêpe avec didis de nougats en éventail sur la totale surface faciale. Malaxation assidue du blair par mitaine de toilette interposée en vue de lui redonner forme humaine. Seul bonus à l'horizon du jour, le cours de germain qui m'octroiera l'opportunité de procéder à un prétartinage de tartine en quiétude.

En vestiaire

Entreprise de Jasounette sur le sujet bafouille du transfuge du Pays-du-Kiwi-en-Folie.

Mézigue :

– Comment se fait-ce que tu as blablaté à Super-Canon que j'étais en détestation de la nature ?

– Ben, c'est vrai.

– Ce n'est pas *le point*. Tu ferais mieux d'entretenir le gus de mes atouts capitaux au lieu de lui débiter des fadaises.

– Lesquels ?

Je suis limite à la frontière de la trucidation, mais mission impossible en rassemblement, pour cause d'Œil-de-Lynx de service au rayon canidé de garde. La nazie en chef semble ne jamais se lasser d'être en détestation de nos personnes. Je mettrais mon cigare à l'allume du même blaze qu'elle se traîne tous les jours au boulot en vociférant par les ruelles : « Je ne peux pas piffer les élèves, je les abomine. Que fais-je ? JE LES ABOMINE ! »

Un quart d'heure après Par la pilosité de Notre Seigneur, *le pourquoi* la Mère Fil-de-Fer délire-t-elle de la sorte ? Quel est le sujet de la prolixité de cette mâtine ? N'est-ce point suffisant de se lever nuitamment, se vêtir, se pointer sur zone, errer toute la journée dans des abîmes de tartitude hybridée abattement *und* d'us, se choper de la retenue en guise de récompense pour nos mauvais et loyaux services ? *Le négatif*, il faut en sus que la dirlo déblatère. *Warum ?* Qu'a-t-elle de si captivant à…

Sur ces entre-fêtes, j'entends les mots appréhendés :

– J'ai le plaisir de vous annoncer que la classe de troisième A fera deux jours de classe verte au cours de la dernière semaine du trimestre.

Le quoi ? Le quoi ?

Zieutage du Top Gang par mézigue et inversement.

Flan Géant Ier poursuit son homélie sur le mode gélatineux, le nunga-nunga dansant la gigue. Chacun de son côté, s'esgourde.

– Ce projet est tout simplement merveilleux et

illustre l'esprit qui règne dans cet établissement. Herr Kamyer est venu me le proposer, suite à l'enthousiasme suscité chez les troisième A par ses récits de camping en forêt au temps de sa jeunesse. Je suis sûre que cette nouvelle constitue une excellente surprise pour cette classe. En lieu et place de leurs cours habituels de vendredi prochain, elles se rendront en car dans la vallée de la Vache-et-du-Mouton-Réunis où elles dormiront une nuit sous la tente. Chacune d'entre vous recevra une fiche descriptive du voyage à remettre à ses parents. Le lieu de votre séjour offre des trésors de nature. La faune aquatique y abonde. Et le soir, Mlle Wilson, qui s'est proposée pour accompagner Herr Kamyer, vous apprendra les jeux et les chansons qu'on lui enseigna jadis lorsqu'elle était jeune fille. Vous allez vous régaler. Je rêverais d'être des vôtres.

Le Top Gang est plus muet que le brochet. Rosie tente la syncope de simulacre que je trouve mézigue-même perso *sehr sehr le riant*. Mais, comme de juste, Lindsay la Nouillasse déboule sur-le-pré en vue d'apostropher la potesse :

– Relève-toi, espèce d'idiote !

Roro :

– Où me trouve-je ? En paradis ? Est-ce vous, Gabriel ?

La Nouillasse :

– Pense aux heures de jardinage que tu vas faire après les cours. Tu riras moins.

Roro recouvre *fissa* la conscience.

– Je me sens méga bonifiée par cette petite sieste.

La Nouillasse retourne d'où elle vient, laissant un sillon baveux derrière sézigue. Je la hais d'une force inaccoutumée qui me file la bintje d'un volume équivalent à l'exécration.

Q.G. du Top Gang

Récré Je le déclare tout de go et par la même occasion au Top Gang, bibi vivante, le voyage au Pays-de-la-Nature se fera sans ma personne. Pas interrogation. Jamais. Et je dégoiserais même plus : *never.*

Miss Frangette :

– Je pense qu'on va s'amuser comme des folles.

Je lui décoche le zieutage.

Roro :

– J'ai blablaté à Herr Kamyer que j'aurai mes mickeys, étant octroyé que d'accoutumée, c'est le sujet qui l'envoie en exprès à Spasme-City avec crochet par Rubéfaction-Ville. Mais cette fois, il m'a fait : « *Ach*, hummm, allez donc foir Mlle Vilson. Z'est elle qui est resbonsable des affaires de filles. » Or par le fait, je n'irai pas trouver l'experte en Notre Seigneur pour risquer quelques conseils perso au chapitre mickeys qui pourraient m'envoyer direct à trépas.

Mézigue :

– Un plan s'impose. Le Top Gang en totalité pourrait être victime de l'accident.

Mabs :

– Quel genre d'accident ?

– Euh... On pourrait choir dans un trou.

Jools :

– Quel trou ?

– Euh... On pourrait en creuser un.

Jools :

– On pourrait creuser un trou et choir dedans ?

Roro :

– Plan *le excellent*, Gee. D'une démencitude forçant la surprise, même de ta part.

Ellen :

– Si ça se trouve, ce sera, euh, ben, vous voyez... quoi... ben...

Moi-même :

– Nul ?

Ellen en mode hésitation considérable :

– Non. Ce sera peut-être, ben, genre, la marrade.

Affolement de rigueur, le Top Gang ne voit manifestement pas d'inconvénient au voyage au Pays-de-la-Nature. À l'esgourder, l'expérience pourrait se révéler poilogène.

Cinq minutes après Deuxième topo à l'ordre du jour : « La prise de caoua *mit* Super-Canon ».

Rosie :

– Alors, il t'a fait comme ça qu'il était en souhait « de rattraper le temps perdu », mais par l'entremise de la bafouille. Conséquemment, on n'est pas dans le scénario à forte décontracture, sinon il t'aurait juste passé le coup de bigo, me goure-je ?

Mézigue en hochement de chef :

– Euh... ouais...

Jools :

– En rencard, laisse-le tchatcher. Ne commence pas d'entrée à débiter des sornettes.

Mézigue en hochement de chef :

– Euh... ouais...

Jas :

– Dis, Gee. Tu peux m'expliquer pourquoi tu imites le chien d'auto qui hoche la tête ?

Cinq minutes après J'en suis comme seize ronds de flan du soulagement obtenu au chapitre tensionitude par la seule entremise d'une brûlure indienne infligée à Jasounette.

15 h 00 Cogitations libérées de l'affaire « caoua » par voie d'application de la double couche de vernis *und* remplissage de tous les « O » des *Nases Espérances* de Charlie Dickens. Le « O » abonde plus qu'on ne croirait dans l'œuvre. À tous les ramponneaux, ça va me prendre la vie.

16 h 20 Sur le chemin du retour en cambuse, le Top Gang me décoche le salut Klingon en vue de me conférer la chance.

Jools :

– Total, tu en pinces pour Super-Canon ?

Mézigue :

– Je n'exclus pas le gus de ma liste.

Pas impossible que Miss Frangette ait susurré « dévergondée ! ». Superfétatoire de mon point de vue et risquogène d'un véloce jeté en fossé à la deuxième occasion en punition. Une supposition que je sois contrainte par l'autorité à ce voyage ridicule au Pays-de-la-Nature, une certitude que je trouve la vengeance *le riant* à base de brindilles en couvre-fesses.

En cambuse

De toutes les manières, je compte éjecter l'affaire camping de ma venelle, histoire de me concentrer sur mes amuuuuuuuuuuuurs.

Quelqu'un peut m'expliquer pourquoi Scooterino ne s'est pas manifesté à ma personne ? Trois jours s'en sont passés. Et il semblerait que nul quidam n'ait vu le Transalpin.

Deux minutes après Que dégoise au juste *Comment séduire à coup sûr* *le dernier des caves* ? Ouvrons l'ouvrage à la cécité et voyons ce qu'il nous propose.

Une minute après « Les garçons vivent essentiellement dans leur tête. » Allô ? En ce qui me concerne mézigue-même perso, je ne résiderais pas en caboche, je vous en fiche mon biffeton. La mienne est bourrée de fadaises.

Une minute après En fait, ma capacité cogitatoire s'arrête à un éclair à l'unité. J'affiche complet.

18 h 00 *Qu'est-ce que le point* avec mes géniteurs ? Même pas fichus de faire quelque chose pour leur rejetonne. Je présente la demande simple à mon Vati : envoyer une bafouille au Stalag 14 pour avertir l'enseignant que je ne serai pas de l'excursion chez les grenouilles pour cause de projet familial. Et tout ce que le père de famille trouve à répondre est ceci :

– On n'a rien prévu en famille.

Mézigue *mit* patience :

– Je suis en connaissance, Vati. C'est un rusé stratagème.

– Tu veux dire un mensonge.

– *Le positif*... euh. Ben, non, pas vraiment. C'est juste que je suis allergique à la cambrousse.

Vati, comme d'us lorsqu'il est en défaveur intellectuelle, recourt à l'idiome malpoli et superflu.

– Tu racontes des calembredaines, Georgia !

Chou façon de parler à l'ado sensible en grandissement, me goure-je ? Pas étonnant que ma personne ait la perruque rebelle et soit quasi de permanence au rayon retenue.

Sur ces belles paroles, le père de famille tourne les mollets. Je lui emboîte *fissa* la foulée. L'homme a-t-il revêtu le jean taille basse ou bien son popotin est-il frappé d'expansion ? Je fais l'impasse sur la question.

– Vati…

– Gee, tu pars en classe verte. On déposera Libby chez ton grand-père et ta mère et moi aurons, pour une fois, un peu de temps à nous.

– Mutti n'est pas en volonté de passer du temps en ta compagnie, étant octroyé que tu débiteras de la billevesée *und* embraseras ton petotto *und* ainsi de suite. Je t'en supplie, plie, ne m'oblige pas à y aller. Si ça se trouve, je mourrai en futaie, dévorée par le campagnol.

– Tant mieux.

18 h 30 Notre Seigneur, j'ai le tensiomètre au max ayant égaré un temps précieux de tartinage façon Super-Coquine en vaine tentative de faire esgourder raison à mon Vati. Résultat des courses, il me reste l'heure pour me préparer en vue de mon entrevue *mit* Super-Canon. La concentration est de rigueur.

18 h 32 Que ressens-je à l'envers de Super-Canon ? Sachant que je boycottai le gus d'une paluche de zinc. Mais voilà qu'icelui est en souhait de me serrer la susdite paluche *und* de la mettre… Cesse ces fariboles à base de mimines ! Cesse ! ai-je dit. Démimine-toi ! ! ! !

Le trop génial, mon cervelet est parti en villégiature à Givritude-City.

18 h 35 Volume de musique poussé à fond dans le but de noyer les élucubrations de mon encéphale en vue de passer à la phase tartine. Une supposition que Super-Canon ait chopé l'accent kiwi-enfoliesque, une certitude qu'il me sort un truc du style « Ça biche ou net ? » ou va savoir ce que le Kiwi décoche à son congénère en guise de bonjour.

Je me passe la couche de maintien-rouge à lippe supposé maintenir ledit rouge en toutes circonstances, bécotales comprises. Vérification. Bécot sauvage de mon abattis par mézigue et bingo ! Nulle trace de rouge.

Une minute après Cependant, je me demande pourquoi je me soucie du bécot, étant donné que je ne dépasserai pas le stade caoua.

Une supposition que je me passe la couche de maintien-rouge sur eyeliner, une interrogation qu'icelui reste en place. Après une gigue endiablée, il arrive fréquemment à ma personne de découvrir dans la glace du Q.G. de la tartine que je ressemble comme trois gouttes de jus de raisin à Polly la Panda.

19 h 10 Nom d'un chameau de Bactriane à l'accent prononcé. J'ai comme qui dégoiserait l'impression de me peindre la paupière au dissolvant.

Aïe !

À tous les pains, j'ai la mirette total bouffie. Obligation de la garder écarquillée.

19 h 15 Je vous narre la vêture : jupe en cuir bleu *und* haut noir *und* boots. Si ça se trouve, je ferais mieux de me munir du paletot au cas où le gus serait en volonté de… euh… baguenauder en futaie ou quelque chose. J'ai la mimine sur position tremblement maxi et conséquemment le boutonnage en difficulté.

Quiétude et paisibilité réquisitionnées d'office. Interdiction absolue de virer championne toutes catégories du n'importe quoi, une consécration qui ne manquerait pas de rappeler à Super-Canon que je suis en différence d'âge inférieure.

Manqué choir dans l'escalier en tentant de garder la mirette ouverte.

Intrusion de Mutti en entrée et en provenance de la cuisine.

– Où vas-tu ?

– Chez Jas.

– Vraiment ? Avec une tonne de maquillage et ta jupe la plus courte ?

– Mutti, lâche-moi le croquenot pour une fois. Remets-toi en souvenance de ta jeunesse. Je mettrais mon cigare au sécateur qu'il existe un rouleau de papyrus quelque part qui te réfrigérerait la mémoire sur tes agissements à pareille époque.

La mère de famille me décoche le zieutage.

– Georgia, ce n'est pas comme ça que tu entreras dans mes bonnes grâces.

Tentons le tout pour le tout.

– Mutti, la bafouille est de Super-Canon. Tu te rappelles ? Le Super-Canon de dans le temps ? Ben, le gus a effectué le retour surprise et, j'ignore *le pourquoi*, mais il m'a filé le rencard ce soir. Je t'en supplie, plie, ne me sabote pas la vie.

Mutti (à mon ébahissement) :

– Entendu, mais rentre à une heure raisonnable, sinon ton Vati piquera une crise. Et ça ne dit rien à personne.

De quoi ? Pas de querelle.

La mère de famille s'en retournant d'où elle vient :

– Tu es ravissante. Je ne vois pas pourquoi il ne voudrait pas sortir avec toi. Essaie de ne pas faire les bêtises que tu fais d'habitude quand tu es stressée et que ton cerveau te laisse tomber. Et pourquoi me regardes-tu avec de grands yeux ?

Je dépose le poutou sur la joue maternelle et franchis la porte telle la fusée.

Dix minutes pour se vomir à East Street

Souffle ! Souffle !

Cinq minutes après

Quasi rendue. Nécessité de laisser choir le regard regardant pour passer au zieutage collant au caramel mou, tel que préconisé dans *Comment séduire à coup sûr le dernier des caves*. L'heure également de se livrer à un va-et-vient de hanche. Aussitôt dégoisé aussitôt balancé. Hanche, hanche, secousse de perruque, secousse de perruque, léchage de lippe, hanche, han…

Qui avise-je ? Super-Canon en personne. Combien d'heures ai-je escompté cet instant ? Combien de fois ai-je chouiné avant de sombrer dans les abattis de Morphée en imaginant sézigue galopant à ma rencontre ?

Le gus est *sehr* cool *und* bronzé, mais pas à la mode grande-britonne, qui penche vers le bout de bacon carbonisé relevé d'une pincée de sauce tomate. Lui boxerait plutôt dans la catégorie jus de rôti irrésistible. Il est en total look noir, falzar, blazer *und* chemise sans col. J'ai le battant qui vire à la crème de marrons. Suivi de peu par le jambonneau. Lui-même talonné par le cervelet. Hourra ! La poulpitude est de retour !

Retournement de Super-Canon qui, apercevant ma personne, me décoche le sourire *mit* secousse de perruque destinée à dégager la mirette. Dite mirette d'un bleu des mers du Nord qui tranche à décès sur le hâle du gus. Me goure-je ou son globe oculaire suinte un ouatiné qui pourrait faire cogiter que je ne lui suis pas indifférente. Je tends la paluche en vue d'un serrage de. *Warum ?* Aurais-je viré duc d'Édimbourg ? Super-Canon me redécoche le sourire à la mode interloquée, mais m'en secoue cinq.

– Ça va, Georgia ? Tu n'as pas l'intention de partir en coup de vent prendre un train, j'espère ?

Mézigue tournant illico plus incarnat que la cerise :

– *Le négatif.* Je… ben, il y a eu comme qui dirait une méprise au chapitre train.

– Parce qu'il n'y a pas de gare en ville ?

– Possible.

Le gus s'esbaudit et me sort, mais à la gentille :

– J'avais oublié à quel point la vie ne manque pas de sel en ta compagnie, Georgia.

Mézigue :

– Hgnnfff.

Une réponse qui scintille par son à-propos si tant est qu'on soit en volonté de faire déguerpir son interlocuteur.

Super-Canon me darde le zieutage.

– Écoute, Georgia. Essayons de nous détendre et de passer un bon moment. Tout va bien. On ne s'est pas vus depuis des lustres.

Deux minutes après Le gus est carrément sublime. Je sens comme qui blablaterait la guibole de poulpe gagner ma personne. Sur ces entrefêtes, j'entends en caboche la voix de Jasounette crachant : « Dévergondée ! » Nonobstant, je ne vois pas *le pourquoi*, puisque femme libre je suis toujours. L'occurrence ne s'étant pas présentée de me promettre à Scooterino pour cause de non-reprise de contact du Transalpin. Je suis ni plus ni moins que répertoriée au registre officiel des non-promises.

Super-Canon propose une excursion au Strada, bar mozzarella hybridé salon de thé *mit* sofas *und* trucs. La gent moderne y a établi ses quartiers de printemps. Résultat des courses, l'endroit idéal pour s'exhiber.

Trois quarts d'heure après Le gus me narre sa vie au Pays-du-Kiwi-en-Folie, provoquant mon hilaritude à moult reprises, mais inutile de planquer que j'ai le tensiomètre au max. Pas de déclaration à salement parler de sézigue sous-esgourdant qu'il a dépassé le stade poteau blablatant des histoires de wombats et de moutons à un poteau. Pas le moindre : « Tu es la seule et unique Super-Coquine de mon battant ! » De l'autre genou et du pas de ma lourde, cogiter à des sujets de converse non glissants n'est pas aisé. Pas question de deviser des Stiff Dylans au risque de voir Scooterino surgir en cours de tchatche. Et que dire alors ? J'ignore total si quelqu'une a cafté à Super-Canon que le Transalpin briguait la place de gus de compagnie de mézigue. De toutes les manières, une supposition qu'une quidam ait expectoré le morceau, une certitude que la baveuse est Lindsay la Nouillasse.

Par le truchement d'une subtilitude qu'on m'envie de par le monde, je tente le tirage de vermisseaux du blaze en douceur dans le dessein de savoir s'il a été mis au sent-bon par l'effrontée.

– Euh… J'ai appris que la Nouill… Lindsay s'était pointée l'autre soir, à ton retour au pays. Elle ne t'aurait pas débité… euh… des infos ?

Le gus me décoche le zieutage.

– Je croyais que tu ne t'entendais pas avec elle.

– Qui s'entendrait avec sézigue ? Je ne suis qu'humaine.

Loué soit Notre Seigneur, Super-Canon chope la poilade.

Quand pile au même moment, intrusion rocambolesque de Tête de Pieuvre en bar et en compagnie de Monica la Trop Consternante, *mit* force agitation de perruque *und* va-et-vient de hanche d'une banalité affligeante (sauf lorsque exécuté par bibi). La Nouillasse se propulse vers le comptoir, tourne la caboche pour dire un truc à la Trop Consternante et choit en vision de nozigue. Un peu plus et on croirait qu'elle a le tison en fondement.

Revirement de caboche de la Nouillasse pour commander une consommation. Puis une fois ladite en mimine, la fille met le cap sur notre table. Oh, *le extra !* Dans cinq secondes, j'aurai la perruque humidifiée à la boisson gazeuse. Mais l'effrontée fait total l'impasse sur mézigue et ne tient le crachoir qu'à Super-Canon :

– Salut, Robbie. La soirée s'annonce super samedi. On se voit à la fête d'après concert. J'ai hâte.

Puis, elle zieute ma personne comme si j'étais deux bouts de lippe sirotant un caoua.

– Dis-moi, Georgia, il n'est pas trop tard pour toi ? Tu es impatiente d'aller faire du camping avec tes petites copines ? C'est génial comme perspective. Possible que vous soyez autorisées à veiller pour jouer à des jeux ou je ne sais quoi. J'adorais le camping à ton âge. À plus.

Et elle repart, retraçant son sillon baveux.

Je la hais de haine haineuse.

Super-Canon me décoche le zieutage.

– On dirait qu'elle ne t'aime pas trop. Du camping ?

– L'autorité nous force à aller baguenauder de-ci *und* de-là en sous-bois pour le cours de germain. Je regrette à décès d'avoir parlé des Saube.

Bravo et bien vu, le cerveau ! Tu as rudement bien fait de sortir des fariboles *und* d'évoquer la famille Saube. Super ! Trop *le merci.* Et bonne nuit.

Lindsay s'adresse à Monica la Trop Consternante en mode démencitude aggravée assorti de secousses d'allongements de perruque en grand nombre *und* coups de mirette dans notre direction. Le retour au Stalag 14 signera à coup sûr mon trépas et, pour ainsi blablater, l'œuvre magistrale de l'effrontée. Seule consolation, je finirai *Vénus de Milo*, la manchote.

Pendant que mon encéphale caquette joyeusement de son côté, Super-Canon balance le matage par-dessus ma clavicule vers la lourde.

Sézigue :

– Décidément, ce bar a du succès.

Tournage de ma personne en direction. N'en jetez plus le jardinet est complet. Avez-vous remarqué que, pile quand on pense avoir atteint le tréfonds du tréfonds, il se présente toujours du rab de tréfonds. Qu'avise-je en entrée ? Scooterino *und* Dom des Stiff Dylans ! Plus affreux que l'affre. Échange de zieutage entre le Transalpin et Super-Canon, assorti d'un hochement de tête spécial gus. Puis matage de ma personne par Scooterino en mode bizarre. Impossible de connaître la nature de ses cogitations. Ouaouh ! Toutefois, je peux vous livrer la nature des miennes. Le gus est, il faut le déclarer sans ambages, plus crousti-fondant que la croustille. Ce qui constitue un max de croustade, le premier quidam en givritude vous le confirmera.

Les deux accostent à notre table et se livrent aussi mouillé à d'autres rites gussaux.

– Ça gaze, mec ?

– Cool.

– Tu es cool ?

– Méga cool. Ça gaze ?

– Cool.

De la fadaise garantie sans pesticide. J'ignore pourquoi la fille se fait sermonner en *le grand quantité* pour superficialité et intérêt unique à destination de la tartine. Le gus est pire ! Il ne dégoise jamais couic qui indique de quoi il retourne. Même en cas de bourre-pif majeur *mit* collègue avec chute de caboche à la clef, le pugiliste continuera de blablater (avec difficulté, étant octroyé qu'il a perdu le cigare) : « Non, ça baigne. Cool. On gère, cool. »

Scooterino :

– *Ciao*, Georgia. Ça va ?

– Mézigue ? Ben, ça baigne au poil, tel le baigneur… euh…

Tais-toi, tais-toi, tais-toi maintenant !

Les gus engagent alors la bavette à base de groupe pendant que je termine finaliste au championnat mondial de tenue de chandelle.

Dom :

– Au fait, Robbie, ça te dirait de faire un bœuf avec nous pendant le concert ?

Et rebelote au rayon rites gussaux !

Super-Canon :

– J'adorerais à condition que ce soit cool pour Massimo.

Scooterino :

– D'accord. *Per me,* ce serait cool. Tu pourrais chanter chansons perso, non ?

Le gus s'adresse à Super-Canon, mais il a la mirette braquée sur bibi, qui demeure coite telle la demeurée en jupe (que je suis). Impossible de cogiter à autre chose qu'aux dernières paroles que je prononçai à son endroit avant de prendre la poudre d'Espelette en vue d'attraper mon train chimérique. Je vous les rappelle pour mémoire : « Tu connais les résultats de foot de cet aprèm ? »

Le trop bien. Que dire de plus sain du cervelet ? « N'importe quoi » est la réponse recherchée.

En pleine brume d'effroi puissance brouillard, j'ouïs soudain Dom dire :

– À plus, mec. Salut, Georgia.

Après quoi, il se trisse à une autre table *mit* Scooterino.

Le duo ne pose pas plus tôt séant que des terminale du bahut Sainte-Mary se jettent sur le fretin tel l'hameçon, lui infligeant un double poutou de joue proprement ridicule. Quelqu'un peut m'expliquer pourquoi la greluche se colle à leurzigue ? J'en avise une en susurration de truc à l'esgourde de Scooterino *mit* abondance de secousse de perruque. Que se trame-t-il au juste ?

Super-Canon :

– Si on levait le camp ? Ça te dirait une petite balade ?

Je réussis le prodige du hochement de trogne sans que ladite fasse scission avec le reste du bâtiment et nous quittons les lieux.

La Nouillasse me décoche le zieutage qui trucide, mais je n'ai pas la moindre idée de la réaction du Transalpin à notre départ, ne me sentant pas de le mater. C'est la première fois de ma longue existence que je suis à ce point en excédent au chapitre confusionité. Ce qui nous fait un max.

Super-Canon chemine en mode silencieux et les mimines en poches, ce qui subséquemment m'ôte le souci du scénario abattis en frôlement.

Rendu dans North Street, le gus fait halte et tourne la face vers mézigue.

– Georgia, je sais que tu étais mal quand je suis parti. Je regrette de t'avoir fait souffrir. Je te trouvais tellement jeune par rapport à moi et je…

Soudaine interruption du son hybridée regard dans le lointain.

Le quoi ? Le quoi ? Et je quoi ? « Et je me suis gouré. Georgia, ta maxi sagessitude me file la folle envie de te bécoter jusqu'à plus soif ? » C'est ça la suite ?

Sur ces entre-fêtes, je sens comme qui dégoiserait de l'énergie baroque chargée en n'importe quoi flotter dans l'air. Comme si la personne démente se tenait dans mon échine. Je confirme, elle se tient.

– Oh, euh, saluuuuuuuuuuuuut… J'étais dans la rue, comme maintenant et je, ben… Salut, Gee… Salut, Robbie…

Ellen ! Que fabrique la potesse à rôder tel le rôdeur en venelle ? Seulabre. Mais pas en vêture banale. La fille est plus tartinée que la tartine. Nous filerait-elle la micheline dans l'espoir d'un ménage à trois ? Notre Seigneur, trop bizarre *und* Baguette-à-Béret comme affaire.

Mais *le négatif*, Ellen ne filait pas notre micheline, mais préférablement celle de Dave la Marrade que j'avise pas plus tard que tout de suite *mit* sa bande. Oh, nooooooooooooooooon ! Veuillez m'indiquer la planque la plus proche ! Veuillez ! *Warum* n'ai-je le derme convertible en écorce tel l'iguane, afin de me confondre avec le végétal… Qu'est-ce que je blablate ? Pas l'ombre d'un végétal en venelle, uniquement de l'échoppe. *Warum* n'ai-je le derme convertible en échoppe à ce compte-là, afin de… TAIS-TOI ! ! !

La Marrade, nous avisant, barre à tribord vers nozigue, *mit* un max de décontracture mâtinée joie de machin, et me décoche le clin de mirette.

– Salut Robbie, Georgia… et c'est Ellen que je vois là. C'est quoi le programme, les jouvencelles ?

Ellen tourne illico aubergine à maturité et laisse le didi appuyé sur la commande ouverture/fermeture de clapet, adoptant ainsi l'apparence de la truite violacée. La potesse parvient cependant à sortir ceci :

– Oh, Dave… ouaouh… euh… salut. C'est sympa de te voir ici… euh… ici dans… avec ton…

La Marrade :

– Mon falzar ?

Ellen en débit non contrôlé :

– Euh… non, pas ton pantalon… ben… oui, parce que, ben, tu l'as enfilé mais… mais… ben… de toutes les manières, il faut que j'y aille.

Aussitôt dégoisé, aussitôt trissée.

À tous les gnons, elle pistait la Marrade. Nom d'un oryx prêt à tout. Je connais une quidam mieux lotie que mézigue au rayon siphonnitude.

La Marrade en mode vocifération à l'envers d'icelle :

– Tu me manques déjà, Ellen !

Encore merci, vieux. Je vois le mois contigu comme si j'y étais, élucubrations à n'en plus achever de la potesse sur le thème « manque-je ou non déjà à la Marrade ? ». Et, par le fait, à quelle période de l'année se situe « déjà » et quel sens accorder à « manque-je » ? Je sens la compassion irritogène me gagner vis-à-vis de la copine, étant octroyé qu'elle en pince pour de véritable et pour la Marrade. La fille n'a jamais perdu souvenance des huit minutes et demie pendant lesquelles sézigue et la Marrade convolaient.

Il faut le dire, la Marrade dégage un max de coolerie, *mit* émanations de vilain garçon. J'ai la lippe qui se met en mode pulpitude sans que je l'aie sollicitée. Je me sens dans l'obligation d'accompagner le tout d'une légère secousse de perruque idoine. La Marrade me manquerait salement si je ne devais plus le voir.

Le gus est plus à l'aise que l'alèse en notre compagnie. Ne prendrait-il pas ombrage du fait que Super-Canon *und* bibi se fréquenteraient ? J'ai comme l'impression qu'il a total perdu commémoration de sa déclaration : « Et une supposition qu'on soit fait pour quelqu'un et qu'on perde ce quelqu'un. »

Excellente *news*. Je dirais même plus : *le excellent*. Je suis méga jouasse. Résultat des courses : sézigue et mézigue sommes poteaux. J'adore le stade poteau, comme nul n'est censé l'ignorer. La poteaumanie est mon truc préféré.

La Marrade :

– Chou jupe, Georgia. La fiancée de ton Grand-Vati ne t'a rien tricoté de nouveau ? Je l'ai avisée l'autre journée derrière ton grand-père à moto, vêtue de la combi mâtinée maillot une pièce tricoté. Elle est accro, me goure-je ?

Mézigue :

– On peut voir ça comme ça.

Super-Canon :

– J'ignorais que ton grand-père avait une fiancée. Tom m'a juste dit qu'il avait été arrêté en état d'ébriété.

Hilaritude conjuguée des deux gus. *Le négatif, le négatif, le négatif*, cessez de vous gausser de mon idiot de Grand-Vati. Tel n'est pas l'us entre rivaux en amuuuuuuuuuuuuuur.

Deux minutes après Vomie devant le Bouddha Bar, la bande de la Marrade nous balance le « À plus » collectif et se rue à l'intérieur de l'estaminet.

L'expert en poilade :

– On fait une compète de billard, Robbie. Ça te dit ou tu as d'autres projets pour ce soir ?

Je ne vous raconte pas la rubéfaction de votre serviteuse. Obligée de mimer la fouille en sac à paluche.

Super-Canon :

– Je vous rejoindrai peut-être tout à l'heure.

Au portail du Q.G. de la démencitude (ma cambuse)

22 h 00 Arrivé devant chez mézigue, Super-Canon plonge la mirette direct dans la mienne. Oh, Notre Seigneur seigneurial, je sens venir le bécot ! Le gus retire la mimine de sa poche et je me livre sans plus attendre à un célèbre zieutage vers le bas, suivi aussi mouillé d'un retour des globes oculaires en altitude. Quand, pile synchro, le Père et la Mère Porte-à-Côté déboulent en venelle et en promenade de canidés à bouclettes. *Qu'est-ce que le point* de cette ville ? Ne me dites pas que la radio a balancé l'annonce : « Alerte bécotale ! Alerte bécotale ! Georgia est limite sur le point d'une régalade de bécothon *mit* un de ses hypothétiques gus de compagnie en surnombre. Pourquoi ne pas la rendre cabri en surgissant inopinément, tel le succube hors de la boîte ? »

En avisant ma personne, le Père Porte-à-Côté triple du goitre et tourne illico dément.

– Exactement la personne que je voulais voir.

La Mère Porte-à-Côté à son mari :

– Ne t'énerve pas, mon chéri.

– Ne pas m'énerver ! Ne pas m'énerver ! Dis-moi, Georgia ! Tu sais ce qu'a fait ce vandale à poils que tu appelles un chat ? Tu le sais ?

Pour tout dégoiser, j'ai une vague idée, mais ne pipe mot.

Le Père Porte-à-Côté en roue libre :

– Il a totalement DÉCIMÉ notre aquarium. Il l'a DÉCIMÉ ! Il y avait de la grenouille partout dans le jardin. Une sacrée cochonnerie. J'ai bien l'intention d'aller voir les autorités pour le faire embarquer vers un endroit où il ne présentera plus de danger pour la population.

Mézigue :

– *Le positif*, je suis à décès d'accord, l'aquarium peut se révéler dangerogène.

Voyant que le voisin irascible manque l'implosion, j'ajoute dans le dessein de l'apaiser :

– Angus est le matou vif. Il pense que, en se tortillant de-ci *und* de-là, le batracien le cherche. C'est comme qui dégoiserait sa nature. Angus est un chasseur, il aime trucider des trucs et des machins.

Le Père Porte-à-Côté :

– Inutile de me le rappeler.

Cinq siècles plus tard, l'aquariophile finit par décaniller en mode grommellements croisés plainte continue, embarquant *mit* sézigue les frères Dugenou en jappement excessif *und* l'ambiance bécotale à jamais gâchée.

Super-Canon :

– Il faut que j'y aille, Georgia. C'était sympa de te revoir.

J'ai comme l'impression qu'il va ajouter quelque chose, mais c'est seulement :

– À plus, au concert.

Et c'est tout ! J'ai droit au poutou de joue, mais *qu'est-ce que le sens ?*

Deux minutes après Je le zieute cheminer en venelle. Le gus a la démarche *le extra*. Je ne le quitte pas des mirettes jusqu'à la terminaison de la susdite, mais il ne m'octroie même pas le retournement en passant le coin.

22 h 15 Rendue en cambuse à l'heure raisonnable par le truchement de l'inadvertance. La mère de famille en est comme seize ronds de flan.

– Tu es rentrée ! s'exclame-t-elle.

Puis elle file en cuisine d'où elle me rapporte le bol de céréales lactées.

Mézigue :

– Nom d'un gaur sur le retour. D'us, tu ne fais jamais la cuisine, Mutti.

Cinq minutes après En paddock et en cogitation.

Une minute après Je baigne dans l'étrangeté.

Cinq minutes après Que je vous narre ma merveilleuse vie qui débute par le questionnement que voici : *Qu'est-ce que le sens* de « prendre un caoua » ? Et se termine pas plus tard que tout de suite par le questionnement que voilà : *Qu'est-ce que le sens* de « À plus, au concert ». Faut-il entendre : « À plus, au concert, ma nouvelle gussette de compagnie » ou bien : « À plus, au concert, ma vieille potesse » ?

Si ça se trouve, je suis l'heureuse propriétaire (ou non) de deux gus de compagnie, mais aucun de leurzigue n'est au jus. Et une supposition que j'en aie vraiment deux, une quasi-certitude qu'il ne m'en reste qu'un, étant octroyé que Scooterino me pense dorénavant en fréquentation de Super-Canon. Or, *le négatif*, par le fait. Me goure-je ?

Génial, me revoilà faisant le nougat de grue devant la marchande d'éclairs fourrés à l'amuuuuuuuuuuuur, ficelée à l'égouttoir du même blaze, ce qui ne facilite pas le passage de lourde de la marchande de.

Sur ces entre-fêtes, j'esgourde des ricanements de crânes d'œuf en palier. Oh, Notre Seigneur, quoi encore ? Vati et oncle Eddie m'ont tout l'air d'avoir tutoyé la dive bouteille car j'entends Chauve Ier dire *mit* accent chinois *le lamentable* :

– Votre livraison, mademoiselle.

Et je vois apparaître sous ma porte une carte accompagnée d'un grognement de goret signé Vati.

Pour le moins insolite à leur âge. Je ferais mieux de jeter une mirette à la chose, sinon les tricentenaires vont passer la nuitée derrière ma lourde.

Une minute après Oh, *sehr, sehr, sehr le riant*. Ci-devant texte de la carte :

Ados! Vous en avez assez de vous faire harceler par vos stupides parents? Passez à l'action: quittez la maison, trouvez un boulot, payez vos factures, pendant que vous savez encore tout.

Mézigue :

– C'est la meilleure de l'année. *La bonne nuit*, les clowns.

Les deux déplumés tournent alors les mollets *mit* force grognements. Nom d'un épaulard député-maire.

Deux minutes après Où en étais-je ? Ah, oui, ficelée à l'égouttoir de l'amour, dans l'incapacité d'entrer chez la marchande d'éclairs fourrés à. Et une supposition que je me libère de mes ficelles *und* que je balance l'égouttoir aux épineux *und* que j'entre hardiment et vocifère à la marchande de : « Donnez-moi un assortiment de tous vos gâteaux, je vous prie ! »

Non, non, non, non, non ! Pas de rosissement popotal ! ! ! !

Une minute après Et une supposition que je lui fasse comme ça : « Oui, j'ai fait mon choix. Filez-moi le macaron mozzarella. »

Une minute après « Non, non, non, aboulez l'éclair fourré au Super-Canon. »

Une minute après « Tout bien cogité, j'aimerais mieux le… » Oh *sacré bleu*, je ne vais pas fermer la mirette de la nuit à ce compte-là…

Zzzzzzzzzzzzzzzzzzzzzzzzzzzz.

RETOUR DU CONSEILLER ALLUMAGE, SUIVI DE PRÈS PAR LE SUBLIMO

Mercredi 20 juillet

En route pour le Stalag 14

Telle que vous me zieutez, bibi a pris la décision de fourbir ses abattis *und* de prendre le papillon par les cornes, comme diraient nos poteaux lépidoptéristes. Tout ça pour blablater que je mets le cap sur positif. À ce propos, le jour commence sous les meilleurs auspices. Super-Matou s'est incendié la queue par voie de vicinalité excessive avec le four, une prestation à fort pouvoir hilarogène, je le confesse. Libbynette est prise d'une liesse sans lisière qui me fait craindre une intervention de mézigue au rayon manœuvre d'Heimlich. Ce qui augure du meilleur pour qui croiserait mon sentier au chapitre gus.

Galopade en vue de retrouver Jasounette à son portail, à qui j'octroie le serrage de paluches assuré (Jasounette, pas le portail), *mit* ces mots :

– Le jour d'hui marque la partance du reliquat de nos existences.

– *Qu'est-ce que le sens ?*

– Aucun. Nonobstant, livrons-nous à un « tout schuss sur le disco ».

Aussitôt dégoisé, aussitôt gigué à la mode viking. Du moins en ce qui concerne le coup d'arme blanche *und* de latte. Jas refuse la secousse totale de corps sous prétexte que sa frange pourrait lui en vouloir.

Je lui narre deux bribes de ma soirée en vaporisant le tout de mystériosité.

Ou plus exactement de bobard.

Rassemblement

Comme d'us, la Mère Fil-de-Fer est en complainte :

– Pourquoi faut-il encore vous rappeler que le squelette du bâtiment des sciences n'est pas un jouet ? Celles d'entre vous qui ont cru drôle de l'affubler du tablier de rechange de M. Attwood et de l'asseoir dans son cabanon, une bouteille à la main, sont tout bonnement infantiles. M. Attwood a failli avoir une attaque, etc. Bla, bla, bla, délire, délire.

Sur ce, l'aubade se fait esgourder (ou plutôt la Mère Wilson massacre une ritournelle au piano) et le Top Gang percute qu'il tient un mets de choix au rayon hymne gauchi. Pas le célèbre *Jérusalem. Le trop dommage.* Les potesses et mézigue se seraient régalées *mit* son refrain que je vous livre ci-devant : « Jérusalem fut-elle construite ici parmi ces sombres culottes sataniques ? » Ceci dégoisé, la cantonade ne perd pas au change puisqu'elle écope de *Plus près de Toi, mon Dieu*, chéri sous le titre : *Plus près de Toi, mon Vieux. Le extra !* Tournée générale de salut Klingon.

Œil-de-Lynx nous décoche le zieutage qui trucide car, d'us, le Top Gang ne se donne pas la peine de fredonner, se limitant à l'articulation en mode muet. Tortionnaire Ier *und* reine de la merdicité est possédée jusqu'au trognon, ne voyant que du brasero à notre interprétation perso de la chansonnette.

Postérieurement, et melon sur le mille-feuilles, Elvis, le susmentionné Père Attwood, se casse la binette sur sa serpillière et, victime d'un spasme de nerfs non répertorié au fichier des spasmes, lui met une méga rouste. Si vous voulez mon avis perso, le gardien de collège a franchi la ligne d'arrivée du triathlon givrage-démencitude-siphonnitude, haut la mimine.

Bio

La Mère Finnigan s'est fait porter foncée. Je mettrais ma caboche à la hachette que l'enseignante est victime de l'exténuation pour cause de transport ininterrompu de ses nunga-nungas de-ci *und* de-là toute la sainte journée. La femme est dotée d'un coffre de diplodocus, qui n'est pas sans rappeler celui de ma génitrice. Dans le dessein de faire plaisir à la gent apprenante, l'autorité dépêche la Mère Wilson au rayon remplaçante. Allégresse interminable.

Toute une chacune s'installe mollement quand Roro s'aperçoit que l'experte en Notre Seigneur est en train de tripoter une télé.

Rosie :

– *Le trop bien*, mademoiselle ! Vous nous passez *Gladiator* ?

La Mère Wilson plonge illico caboche la première dans des abîmes d'émoi, frôlant la strangulation par voie de câble électrique *und* affichant le rouge de la brique en faciès.

– Non, Rosie, il ne s'agit pas de *Gladiator*, parce que nous sommes…

Mais Roro n'a pas terminé :

– Le mercredi, on a le droit de zieuter *Gladiator*. Et je vous ferai dire que le film se passant chez les antiques, on a aussi le droit de peaufiner notre « tout schuss sur le disco viking ». Ça vous dirait de mater un échantillon de la gigue ?

La Mère Wilson en mode nivellement de perruque de la mimine et branchement de prise :

– Écoutez Rosie, vous savez très bien que nous sommes en cours de biologie. Je vais donc vous montrer un film approprié. Calmez-vous, mesdemoiselles, et… Julia, soyez gentille de ne pas mettre le feu aux plantes à l'aide du bec Bunsen. Il n'est pas destiné à cet usage.

Jools :

– À quoi il sert alors ? J'étais plus sûre que la chaussure que c'était le boulot de la méga flamme.

Si vous voulez mon avis perso, la Mère Wilson ne tiendra pas jusqu'à la fin du cours.

Cinq minutes après L'enseignante affiche une rubéfaction jamais observée sous nos latitudes. Roro propose de lui prêter mimine-forte et, par le truchement du pas exprès, actionne le ventilateur en mode pleins gaz, manquant lui faire décoller la perruque. Je précise que la Mère Wilson s'est surpassée au chapitre vêture. Et je ne le déclare pas simplement pour être chou. Elle a dû mettre la paluche sur *the* boutique de velours côtelé. Le jour d'hui, elle arbore la robe chasuble en susmentionné tissu *mit* socquettes auxquelles on pourrait justement reprocher de ne pas être en.

Mézigue à Mabs :

– Une supposition que ce soi-disant film nous entretienne de la reproduction d'une quelconque créature de la nature, une certitude que je me bouche les esgourdes au papier mâché.

Deux minutes après Je vous le donne en vingt-deux, le film traite de l'abeille et plus précisément de la ruche. Je n'ose supputer le degré de nullité.

Une heure après L'œuvre est *number one* à mon *box-office* perso ! On requiert de la Mère Wilson qu'elle nous repasse la scène de la rixe débridée des deux reines. J'ignorais total que l'abeille fût à ce point bath et pût nous filer la paire d'enseignements de choix. Saviez-vous par exemple que la reine abeille trucide son galant par voie d'arrachage d'équipement reproductif (plus connu sous le blaze d'excédent de vermicelle), après leur partie de guiboles en l'air ?

Mézigue à Miss Frangette :

– Ce serait la soluce à mon embarras de gus de compagnie en surnombre.

Jas :

– Scuse si je me goure, mais le premier de tes soi-disant gus de compagnie t'a emmenée prendre un caoua sans passer par la case bécot et le second ne t'a même pas octroyé le coup de bigo. Ce n'est pas ce que j'appellerais un embarras de gus de compagnie en surnombre.

Contrainte au coup de nougat en jarret.

– Je te hais, Jasounette.

– Ben, je ne fais que dire la vérité. Les potesses sont là pour ça.

– Ah, bon ? Ben, je te ferai dire que je ne t'entretiens jamais de ta frange navrante.

– Si.

La fille est ni plus ni moins que déraisonnable *und* givrée. *Und* méga jouasse de sézigue-même sous prétexte qu'elle est en fréquentation du même gus de compagnie rasoir depuis cent ans. Néanmoins, pour la fois unique, je m'en bats le carreau avec une patte de aye-aye en raison des leçons majeures fournies par le jour. Si ça se trouve, je ferai choriste-top model-gardienne d'abeilles au rayon métier.

Saviez-vous, par deuxième exemple, que le nourrisson abeille est nourri au pâté de congénères ? Je vous le garantis sur facture.

Et que, par troisième exemple, l'abeille perd le postérieur après avoir piqué le quidam.

En cheminement vers le cours de grand-britton

La Mère Wilson ne se tient carrément plus d'allégresse à l'idée de l'affaire camping et nous apostrophe de la sorte sur le pas de la lourde de la salle de bio :

– Mesdemoiselles, nous allons bien nous amuser.

Bibi au Top Gang :

— Moi vive, je refuse de me prêter à du mime ou tout autre arlequinade. Point et virgule.

Grand-britton

Nom d'une taupe à queue velue contestataire. Quelqu'un peut me dire au juste combien de pièces Billy Shakespeare a griffonnées ? Le Barbe de l'Avon n'a jamais dû mettre le pif dehors. À ce qu'il paraît, icelui et ses poteaux seraient les inventeurs de tous les pansus mots connus de la population. À ce compte-là, quelqu'une peut m'expliquer pourquoi la remontée de bretelles nous est infligée en cas de recours au susdit.

J'ajouterais même que la descente de cannettes *und* sauvagerie ne sont pas de l'invention estampillée de nos jours. Billy et sa bande de demeurés n'étaient pas très chou entre leurzigue. Ils raffolaient de la mise au pilori de quidam et ainsi de suite, juste pour la marrade. C'était comme qui dégoiserait leur passe-temps favori *mit* lc combat d'ursidés contre canidés.

Je vous livre ci-devant dialogue véridique entre deux poteaux élisabéthains. À ma droite Collants-Collants et à ma gauche Gaffe-à-mon-Bout-de-Cabillaud.

GMBC :

– Dites-moi, gentil Collants-Collants, tu as envie de faire quoi, ce soir ?

CC :

– Si on se mettait une centaine de pintes derrière la cravate avant d'aller chatouiller l'ursidé ?

GMBC :

– Ça ne me dit couic. Trissons-nous en place de grève balancer de la tomate à la bobine du dégénéré.

Le bel France

Pas impossible que j'homicide Rosie pour cause de démence pré-pré-fin de semaine, plus connue sous le blaze de virus du géant des steppes glacées. Je reçois à l'instant la blague Baguette-à-Béret d'icelle.

Que voici :

Le bon jour, ma petite pain,

Comment tu appellerais le Baguette-à-Béret croque-mort?

Le revoir,

Roziiiiiiiiiiiiiiiiiiie

Réponse de mézigue :

Je m'en bats la mirette avec une patte de microcèbe.

Mais la copine m'impose le haussement de sourcil hybridé hochement de cigare jusqu'à ce que je lui fasse en mode muet :

– Accouche.

Je vous livre la réponse qui me parvient par courrier interclasse :

Jean Terre.

En cheminement vers la cambuse

16 h 15 Les Saindoux Brothers nous filent la micheline en nous balançant la remarque supposément finaude, style : « Salut, ma jolie, tu ne voudrais pas me tenir le guidon ? »

Que blablatent-ils au juste ? Si vous voulez mon avis perso, le Saindoux l'ignore sézigue-même.

À la troisième ineptie, j'opère la volte-face et glapis à la face du demeuré :

– Et si vous vous trissiez ? *Le beaucoup !*

Singulièrement, la vocifération estomaque le gros lard qui se trouve dans l'incapacité de faire face à l'instruction claire. Il semblerait que le gus *und* le canidé partagent le point commun. C'est du moins ce que me déclara jadis mon conseiller allumage perso.

J'en suis là de mes remémorations quand (à croire que le gus écoutait en douce les élucubrations de mon cervelet) ledit conseiller allumage apparaît à l'horizon en compagnie d'une paire de poteaux. Avisant le Top Gang, l'expert en poilade se livre à l'agissement dément qui consiste à galoper vers nozigue les abattis en extension, tel le personnage de *La Mélodie du bonheur.*

La Marrade :

– *Le bon jour*, les fillllllllllllllles, le Vati est de retour ! Que résonnent les CULOTTES d'Angleterre ! ! ! Que rugisse l'allumage taille cosmos *und* taille globale ! Cooooooooooooooorne ! ! ! ! ! Qui sont mes poulettes ? ? ? ? ? ?

Ellen :

– Euh, on est… euh, on est tes, euh, poulettes ?

Zieutage de la potesse par le Top Gang.

Bibi :

– Salut, Dave, rassure-mézigue, tu ne vas pas nous giguer le rap et subséquemment choir derrière le muret ?

Le gus me décoche le matage assorti d'un lèchement de lippe.

– Gee, je percute que c'est ta façon perso de me déclarer : « Retiens-moi, grand, car tu me files l'allumage taille méga. »

Je ne vous raconte pas comment je le zieute. Pas question de lui octroyer le sourire, si c'est ce qu'il suppute. L'expert est décidément trop allègre de lui et en excédent de rosissement popotal. Nonobstant qu'il ne compte pas sur moi pour… Nom d'un pica d'Amérique acnéique. Je viens de lui balancer le sourire vaste mâtiné déploiement de narines en vol libre ! Flûte.

La Marrade nous prend par l'abattis, imité par ses poteaux, et l'ensemble semble alors prêt à la gigue folklorique. Espérons que notre déambulation ne croise pas le réverbère ni le tricentenaire en givrage.

L'expert :

– Trottez, bande de filles. Mon croquenot vous sied-il ? Je me sens comme dans la pantoufle *mit*.

Le gus a effectivement le croquenot de bon aloi.

Declan, un de ses poteaux en abattis dessus abattis dessous avec Ellen :

– On s'est payé la tranche de marrade par voie de frittage avec Phil le Nase et sa bande qui voulaient gratter des places dans la queue de la cantine. Total, il est passé à la poube.

Je ne devrais pas poser l'interrogation, et pourtant je le fais :

– *Qu'est-ce que le sens* de passer à la poube ?

En chambre

J'ai bien conscience de me répéter, mais le gus est le total mystère. En cas de tartitude extrême, icelui se distrait à la « poube ». Que je vous explique. La Marrade et confrères se sont emparés de Phil le Nase dans le dessein de l'introduire popotin en premier dans une poubelle de passage. À la première tentative d'extraction du Nase, ses « poteaux » l'ont réintroduit *fissa* en poube. À la deuxième, la Marrade et congénères sont revenus à la charge et ont remis le couvert. Et ainsi de suite jusqu'à la fin de la récré. *Warum ?*

17 h 30 Je répugne à le reconnaître, vu mon statut de poteau de la Marrade, mais chaque fois que je croise l'expert, la guibole de poulpe me gagne. Le gus est comme qui dégoiserait un objet familier *und* il provoque mon hilaritude. Nonobstant, tais-toi, cerveau car, entre poteaux, le bécot de vrai ou rêvé n'est pas de rigueur. Tel est le fait. J'ai assez de potentiels gus de compagnie sur les abattis sans avoir à cogiter aux compétences bécotales de la Marrade. Auxquelles je ne songe pas, par le fait.

Deux minutes après Je tombe à l'instant en souvenance de notre premier bécot qui eut pour cadre la célèbre soirée poisson. Bécot qui marqua mon passage à la phase rosissement popotal dont j'impute l'entière responsabilité à la Marrade. C'est ni plus ni moins sézigue qui m'entraîna sur la déclivité savonneuse par l'entremise de son lordillon de mèvres et ainsi de suite. Mais JE NE VEUX PLUS Y COGITER, étant octroyé qu'il ne figure pas sur ma liste de bécoteurs, pour cause de qualité de poteau. Et c'est tant mieux.

Une minute après Je me demande à quel numéro il est rendu *mit* sa « copine » sur l'échelle des trucs et des machins. « Copine » dont il ne parle jamais. Bibi non plus.

Je me demande si elle parle de sézigue-même.

Je me demande si elle a déjà questionné la Marrade au chapitre mézigue.

Note, on ne la voit pas trop en sa compagnie. Si ça se trouve, il a procédé à son largage.

Dix minutes après Cavalcade de mammouth en escalier.

– Avance, garçon poupée, avance, garçon Josh, fais entrer minou là lalalalalla. Minou, minou, où tu étais passé, j'étais à Londres manger du pâté ! ! ! ! ! ! ! Hahahahahaha.

Ma lourde s'écrase avec fracas contre le mur et une petite frangine plus rubiconde que le Rubicon apparaît. La gosse tient Mini-Bigleux par le col au corps furieusement défendant du bestiau. Tous mes vœux, mon poteau velu. De l'autre abattis qu'elle a replet, l'enfant serre le kiki de son « gopain », le malchanceux Josh. Libby « aibe » Josh, à qui elle inflige le même mauvais traitement qu'à tous ses joujoux (à savoir : la poupée Pantalitzer, Angus, Gordy, la Barbie plongeuse sous-marine, Jésus/Sandra *und* votre serviteuse). À la différence près qu'elle n'a jusqu'ici pas réussi à lui soustraire de bout d'anatomie. Ce qui n'est pas le cas de la poupée Pantalitzer qui se résume modo grosso à une caboche.

– Saggut, Georgie, ma Georginette, J'AIBE ma Georginette. Donne poutou à Joshie garçon poupée.

– Non, Libby, je n'ai pas l'impression que Josh soit en volonté d'être poutouté. Par ailleurs, je te ferai dire que tu lui serres le kiki trop fort. Joshie a la face cramoisie, me goure-je ?

Libby me décoche le sourire chocottogène dont elle a le secret. Dernièrement, l'enfant s'est mis en caboche d'ouvrir les mirettes en position maxi et d'assortir le tout d'une pointe de langue entre quenottes, tel le hamster dément devant la carotte géante.

– Joshie adoooooore.

Sur ces belles paroles, la mouflette entraîne tout son moche monde en chambre d'icelle. Au moindre bruit de scie, je m'enquiers de ce qui se passe. Néanmoins, *warum* dois-je endosser la responsabilité ? On se demande. Que font mes « parents » ? Si le sort de sa progéniture ne la captive pas, la parenté ferait mieux de s'abstenir d'en procréer. Pas impossible que je leur passe le message. Je leur dirais comme ça... *Le négatif*, stoppons des quatre cuivres, je sais ce qu'il adviendrait par la suite, ils manifesteraient de l'intérêt à mon envers, couic que pour m'irriter.

Descente en rez-de-rue en vue de me faire couler un bain. En passant devant la chambre de Libby, j'esgourde ceci :

– Et maintenant, un peu de rouge à lèvres. Mmmmmmmmm.

À l'heure où sa Mutti viendra le chercher, Josh aura gagné le total look drag-queen pitchoune. Note, si elle interdit son mouflet de séjour chez nozigue, ça lui évitera peut-être un sort moins enviable.

En sortie de salle de bains, je tombe sur mon Vati vêtu en décontracture, du moins se l'imagine-t-il. Que je vous décrive ladite vêture, jean et T-shirt marqué

« Je suis un grand. Alors, non, non, non. » *Le trop lamentable*. Mais je garde mon opinion par-devers moi.

Pas sézigue, qui opte illico pour le mode plainte hybridée délire. À la seule vision de mon cigare, le père de famille démarre la réclamation :

– Georgia je te préviens que tu n'as pas intérêt à rester dans cette salle de bains toute la nuit. Tu n'es pas seule dans cette maison !

– À qui le dégoises-tu. Je le déplore pareillement.

– Ne sois pas insolente. Le jour où tu paieras la facture d'eau, tu pourras te le permettre.

Radote toujours. Juste parce que je ne suis pas encore gussette de compagnie d'une rock star ni choriste/gardienne d'abeilles milliardaire de mon état, je subis le harcèlement de Vieux Popotin Surdimensionné. N'empêche, vivre *und* laisser décéder, telle est ma devise.

Une supposition que Mutti et Vati fussent abeilles, une certitude que Vati serait de l'abeille défunte à l'heure de maintenant.

Mais le vioque n'a pas terminé :

– Et nourris ton satané chat. Il m'attaque le pantalon.

« Qui s'en abstiendrait ? » pense-je, mais ne dis pas.

J'amorce le bain et me rends en cuisine où Angus, ne m'ayant pas plus tôt avisée, se jette en jardin par la chatière *mit* retour immédiat en cuisine par la même voie. Et rebelote et rebelote, va-*und*-vient agrémenté de miaulements intempestifs supposant que le félidé n'a pas boulotté depuis trois semaines.

Or par le fait, vu les jérémiades du voisinage, le chat me raconte des bobards. Le Père Haut-de-Venelle prétend que Super-Matou lui a becqueté le saindoux des zoziaux. Et désormais, les frères Dugenou prennent leurs repas en intérieur, étant octroyé qu'Angus déploie une furtivité de gros calibre qui lui permet de prendre d'assaut leur pitance dans la nanoseconde. Le monstre est comme qui dégoiserait le James Bond des félidés. Il est coursé de-ci *und* de-là, il est coursé à tout va.

Je vous certifie sur facture que je l'ai vu exécuter le saut de l'ange surprise de ma fenêtre direct dans l'assiette à soupe des canidés à bouclettes. Ou du toit. Ou en jaillissement de poubelle. Ce gros minet force l'admiration.

Aïïïïïe ! Nom d'un morse surendetté, il m'a entamé la cheville.

Je lui sers sa pitance, déclenchant illico la turbine à ronrons et le frottement de grande envergure contre guibole. Aahhh. Mais voilà qu'il monte sur la table et zieute ma personne.

Mézigue :

– Tu ne veux pas de ton manger de chat ?

Pour toute réponse, l'animal clôt les mirettes.

Vérification de bain et ajout d'huile dont l'usage m'est rigoureusement interdit par Mutti qui la planque (pas l'usage, l'huile) en armoire pour cause de cherté. Honnêtement, prendre un bain dans cette cambuse est *le trop épuisant*.

De retour en cuisine, je constate que Super-Matou a posé séant en assiette de manger.

J'ignore que dégoiser.

Je zieute Angus qui me rend l'appareil quand Mini-Bigleux entre en cuisine. Maquillé de pied en cap. Franchement. Si je n'étais pas dotée de la jugeote, je jurerais qu'il a le faux cil. L'ado félidé est plus couvert que la couverture en trompe-couillon *und* rouge à joues et arbore, en tour de mirette, le cercle noir *mit* ombre bleue. Je percute également qu'il a l'esgourde décorée à la boucle de et la queue, au nœud.

Rendement de mézigue en salle de bains.

Le curieux est que Gordy affiche l'air curieusement jouasse.

Si ça se trouve le félidé est homosexualiste.

Il risque le déshéritement par Angus.

En salle de bains

Aah, enfin en possibilité correcte de détente et de consécration à mézigue.

La capacité de flottaison du nunga-nunga est proprement stupéfiante. Je me demande *warum*. Possible que ce soit en prévision de l'inondation. La fille étant le sexe important, le nunga-nunga la sauverait de la noyade. Si ça se trouve, la capacité est ni plus ni moins qu'un fossile génétique flotteur.

Deux minutes après Je rebute à critiquer Giga S. à tout va, mais je rangerais le susdit fossile dans la catégorie nul. Modo grosso dans le même tiroir que le désastre pilosité de corps. *Qu'est-ce que le point* d'afficher de la pilosité farceuse en dos de rotule ? Ou de la bouclette en sourcil ? En quoi les susmentionnées contribuent-elles à la survie de l'espèce ? À moins qu'il fût une époque où le dinosaure avait les méga chocottes du sourcil.

Nonobstant, revenons à nos nungas… (J'entends comme si j'y étais la Marrade : « Le positif, revenons à tes nungas, Super-Coquine ! » Tais-toi ! Tais-toi, voix fictive de la Marrade ! Sors de mon bain ! ! ! ! ! !) Où en étais-je ? Ah oui, pour en revenir à la flottaison, je vous fiche mon billet que Lindsay la Nouillasse coulerait à pic pour cause de nunga-nunga falsifié (méga tant mieux), et Melanie Griffith *und* bibi flotteraient à qui mieux mieux. Je n'ai couic contre Melanie ni couic, mais la fille n'est que partiellement garnie au rayon cervelet. Subséquemment, il serait dommageable pour la planète que sézigue et mézigue contribuions seulabres à sa repopulation après déluge.

Un quart d'heure après Retentissement de sonnette de lourde d'entrée. Pourvu que ce ne soit pas mon Grand-Vati en short de vélocipède *mit* Maisie, sa fiancée tricotée mimine. Merci Notre Seigneur, la salle de bains est verrouillée.

En application de masque de faciès, j'ouïs de la conversation garrottée. Aaaaah, première fois depuis des suspensions que je suis en détente, si on oublie mon miniroupillon en maths cet aprèm. Je trouve la trigonométrie *sehr sehr* lénifiante.

Deux minutes après Vati à travers la lourde :

– Georgia, tu es toujours dans ton bain ?

Beurk, mon géniteur me blablate alors que je suis en plus simple pas pareil ! *Le trop révoltant.* Je me couvre le nunga à la mitaine de toilette.

– Va-t'en, Vati !

– Tu as de la visite.

Le quoi ? D'us, le Top Gang passe le coup de grelot avant de débarquer. À tous les pains, c'est le Père Porte-à-Côté venu chouiner sur l'anéantissement de son aquarium à la noisette. Pourtant, la vocifération ne se fait pas esgourder.

Mézigue :

– Qui est-ce ?

Et j'ouïs ceci :

– *Ciao*, Georgia… C'est Massimo. Je suis venu pour voir toi. Ça va ?

Je n'en crois pas mes talons ! Je n'en crois pas mes joues ! Je converse *mit* Scooterino en totale nudité !

Bibi, pas sézigue. À moins que l'us transalpin préconise de se présenter chez la jouvencelle nu tel le lombric. Note, on ne sait jamais, forcément, mais... tais-toi ! Tais-toi ! ! ! !

La situation requiert la sophistication de toute première fraîcheur. Et une supposition que je fasse la fille non en bain, mais en salle de uniquement. *Le négatif, le négatif,* le résultat serait *le pire*. Car si bibi n'est pas en ablution, la question est : que traficote-t-elle au juste en salle de ? Scooterino suppute peut-être la pièce dotée du goguenot. Fichtre ! Elle l'est ! Oh, non, noooooooooon. *Warum* mon décérébré Vati l'a-t-il laissé approcher la lourde de la salle de ?

J'entends alors le père de famille dire ceci :

– Je sais qu'elle est là parce que je lui ai parlé juste avant ton arrivée. On se demande ce que les filles fabriquent là-dedans, n'est-ce pas ? Tu viens d'où exactement en Italie ?

Scooterino en mode mozzarella attrayant :

– D'une petite ville près de Rome.

J'en profite pour sortir de mon bain à l'Algonquienne. Bruit de marée non autorisé, clapotis seulabre l'est.

Nonobstant, je m'interroge sur le bien-fondé de la précaution, étant octroyé que Vati continue de déployer des trésors de nullité.

– Ah oui, très joli coin. Je suis allé à Rome avec des copains voir un match de foot. On avait un peu abusé du *vino tinto* à l'occasion ! ! ! *Mucho* extra.

Le Transalpin s'esbaudit.

– J'adore jouer au foot. Quand je rentre en Italie, je jouer avec copains dans club.

– Je comprends. J'aime garder la forme moi aussi. Ça te dirait de boire quelque chose ?

– *Grazie*, monsieur Nicolson, je veux bien.

– Appelle-moi Bob.

Sur ces entre-fêtes, je les entends se vomir en cuisine.

Appelle-moi Bob ? ? ? ? ? ? ? ? ? *Le négatif*, tu sais quoi, Vati ? Pourquoi ne pas te dénommer « Gros demeuré replet ! ! ! ! ! ! ! ! ! » ?

Quelqu'un peut m'expliquer comment ceci a pu advenir ? Bibi pourrait périr de la noyade sans que les deux bougent le cil. Je passe à la phase séchage de surface corporelle *und* retirage de masque de faciès.

Cela dégoisé, je demeure plus coincée que le coin en salle de bains et en l'absence de trousse à fard, *mit* un Sublimo en proche vicinalité. Je pose l'interrogation : que faire ? Il n'y a couic dans cette salle de consentant l'improvisation au chapitre tartine. Mutti m'a blablaté que Maisie se faisait le trait d'eye-liner au cirage pour cause d'impécuniosité de dans le temps. Et se mordait la lippe pour lui concéder le carmin. Maintenant que j'y cogite, la fiancée de mon Grand-Vati possède l'air de famille avec la fiancée de Dracula. Total, des siècles de morsure de lippe ont fini par rapporter. Mon aïeul raffole du look décédée vive.

Je colle l'esgourde contre la lourde et constate que Vati poursuit le récit inénarrable de sa « carrière » de footballeur. Qui consiste en foncé à faire la couleuvre de fort gabarit sur pattes. Puis j'ouïs ma génitrice sortir du salon et glapir dans l'escalier :

– Libby, je ne vous entends plus tous les deux. Qu'est-ce que vous fricotez avec Josh ?

Bruits d'échauffourée suivis de réponse de l'enfant :

– Rien, maman.

Pas impossible que Josh vocifère « Au secours ! », mais je n'ai pas de temps à consacrer à de l'embarras de bambin. J'ai mézigue aussi une urgence.

Bibi en mode chuchotement fort :

– Mutti ! Mutti ! !

La mère de famille rappliquant :

– Quoi ? Ne me dis pas que tu es encore dans la salle de bains ? Massimo est là. Il est à tomber, non ?

– Mutti, je suis bloquée ici en vêture nase *und* sans trousse de tartine. Tu comptes faire quoi pour y remédier ? Parce que, une supposition que tu ne me files pas le coup de paluche, une certitude que je reste en salle de bains le reste de mon existence.

La mère de famille :

– Dis-moi « s'il te plaît ».

– S'IL TE PLAÎT, aide-moi, Mutti. Sinon je te trucide.

Au bout de trois cents ans et après que ma génitrice m'oblige à la supplique en *le grand* quantité, icelle me glisse ma trousse de *und* tenue adéquate.

J'ai la paluche agitée de la convulsion *und* la face affichant la rubéfaction à laquelle toute une chacune aspire en présence d'un Sublimo en cambuse. Bref, je pare au mieux, optant pour le scénario « Ooooooooooh, Massimo, tu me surprends en lavage de perruque ». Pour ce faire : mascara *und* eye-liner *und* rouge à lippes *und* gloss *und* serviette de toilette enroulée sur caboche (pour masquer l'aspect popo d'éléphant de la perruque).

Inspiration d'importance suivie d'ouverture de lourde.

En cuisine

Oh, le troooooooooooop gênant. Vati tente la converse en mode poteau de nozigue tous azimuts. *Warum* ne se trisse-t-il pas ? Pour toujours.

Le père de famille, le nougat posé sur chaise, entre deux gorgées de bière :

– Alors comme ça, tu as une moto, Mas ?

(Mas.................. oh, Notre Seigneur, il l'appelle Mas ! ! !)

Scooterino, la mirette braquée sur bibi :

– Euh, non. J'ai un scooter.

Bibi :

– Tu ne veux pas qu'on sorte en extérieur palabrer ?

Sur ce, intrusion de Mutti en cuisine remorquant les deux mouflets. Mes pires craintes étaient fondées. Josh est accoutré telle la drag-queen. Qui plus est la drag-queen coiffée à la demi-iroquoise.

La mère de famille furax :

– Que va dire la maman de Josh ? Ce n'est pas bien, Libby ! Je t'avais pourtant dit de ne pas jouer avec les ciseaux.

La bambine prise sézigue-même d'un courroux perso :

– Il est allé à Londres manger du pâté.

Vati :

– Ne soyez pas insolente, jeune fille.

La frangine, les mimines sur hanches, en mode vocifération :

– TOI-MÊME, vilaine maman ! ! ! !

Profitant de la perplexité du père de famille qui vient de se faire traiter de « maman », je glisse à Scooterino :

– Vite, déguerpissons !

Aussitôt dégoisé, aussitôt déguerpi et pose de séant sur muret *mit* vérification que le végétal nous dissimule bien aux mirettes inquisitrices de M *und* V.

J'ai toujours le turban sur caboche, mais j'aime à cogiter qu'il me confère l'apparence de la mariée thaïlandaise ou quelque chose.

L'entrevue débute par la tranche de silence. J'ignore total ce qu'il convient de faire. En définitive, je me jette à la baille :

– Scuse pour l'affaire train, Massimo. Robbie qui se pointe sans tambour ni clarinette, tézigue qui me déclare ta liberté pour mézigue, moi qui porte la corne… j'ai chopé la démence.

Pas de réponse. Oh, non. Mais voilà que je sens sa mimine en faciès. Sa mimine qui me tourne la caboche vers sézigue et lui qui me zieute direct dans le globe oculaire. Je tourne à la liquéfaction ! Je tourne à la liquéfaction ! ! ! !

– Georgia, *per me*, rien n'est changé. Pour toi, j'ignore. Moi voir toi au café avec Robbie et lui, garçon chou. Et toi l'aimer avant. Alors, quoi ?

« Tézigue et mézigue poteaux. Toi pour moi, ignorer. » Avantageusement, je ne dis couic de la sorte. Je ne sais que blablater. Je me contente de plonger la mirette dans sa mirette jaune félidé quand le Transalpin me bécote l'appendice buccal ! En mode méga doux. Puis rebelote. Ma lippe chenapane se met aussi mouillé en alerte bécotale. Deuxième mimine du gus en action qui m'attrape l'arrière du kiki et me propulse vers sézigue. J'ose espérer que ma serviette renonce à la chute, ce qui ne manquerait pas de dévoiler ma perruque en popo d'éléphant. Le bécot qui s'ensuit affiche la durée *und* la fermeté de bon aloi. La sensation pioche direct dans le crousti-fondant forcissant amollissement, *mit* brouillement des frontières interbuccales *und*… un nase sans édulcorant vocifère ceci :

– Dis, Georgia, son copain est au courant que tu le bécotes ?

Levée de mirettes immédiate, mais nul quidam en vision. Nonobstant, j'esgourde du bruissement en derrière de haie des Porte-en-Face. Je bondis tel le cabri de l'autre côté de la venelle *und* jette le coup de mirette par-dessus le végétal, découvrant Oscar, plus connu sous le blaze d'Apprenti Saindoux, en casquette de sport grotesque.

Ni trois ni cinq, j'enjambe la haie et lui décoche le coup de latte véloce en popotin avant de retourner à fond de micheline vers Scooterino.

Le Transalpin est pris d'hilaritude.

– Tout le monde est sur le coup, comme vous dites chez vous.

Puis il me décoche le sourire, lève séant et le repose illico sur son motocycle.

Zieutage de bibi.

Zieutage de sézigue.

Scooterino :

– Alors, Miss Georgia, que fait-on maintenant ? Je suis libre pour toi. Et toi ?

Bien vu, le mulot. Frappé au coin du mauvais sens. Toutefois, je pose la question : quelle est la réponse ?

Je songe un instant à l'entretenir de mon statut de non-sermentée, mais la notion n'est pas aisée à expliquer à un quidam en normalitude, qui plus est transalpin. En lieu et place, je prends l'inspiration forte et déclare ceci :

– Tu me bottes *le beaucoup* et d'après mézigue, tu es la crème de la crème, et ainsi de suite.

– Je suis la crème ?

– Oublie la crème. C'est juste que… ben… je crois que je devrais d'abord avoir la converse véritable *mit* Robbie.

Le gus m'octroie le sourire de petite facture.

– Oui, je crois aussi. C'est juste.

Je ne le quitte pas des carreaux jusqu'à ce qu'il ait atteint l'extrémité de la venelle. Oh non, mais qu'est-ce que j'ai fait ? J'ai comme qui dégoiserait quasi décliné une offre de sortie *mit* un Sublimo. Bigophonez l'asile le plus proche !

En bout de rue, Scooterino met son indicateur de direction sur gauche… et opère le retour en épingle à perruque à la vitesse de la loupiote *mit* arrêt strident devant mézigue.

Sézigue :

– Georgia, moi oublier pourquoi je fais visite à toi. Je retourne en Italie pour un mois juste après le concert. Toi peux, toi veux, si tu décides libre pour moi, venir dans ma famille un peu ?

Ouaouh ! On est limite en épousailles. Et dire que je suis en serviette de perruque ! ! ! !

Que blablater, je l'ignore.

Scooterino :

– Penses-y, *cara*. Ce serait merveilleux.

Et le gus reprend la poudre d'Espelette.

Je passe en flottant devant Bouffon Ier (mon Vati), récurant son auto et je parviens même à faire l'impasse sur le ricanement de hyène quand icelui me sort :

– Ça te dirait de me donner un coup de main pour faire briller la Lovemobile ?

En cuisine

Mutti tente de redonner figure humaine à Josh, mais le mouflet inspire toujours l'effroi au chapitre perruque. À tous les pains, sa mère ira se plaindre à la maréchaussée. Mais je m'en bats la mirette avec une patte d'indri.

En voie de rendement en chambre :

– Oublie mézigue pour le voyage en Irlande et en famille, Mutti. Je pars en villégiature près de Rome cet été.

La mère de famille ne se donne même pas la peine de répondre. Total grossier de mon point de vue et total attendu d'une femme focalisée sur sézigue.

8 h 30 Sur le chemin du Stalag 14 *mit* Jasounette, à qui je narre l'épisode visite bécotale de Scooterino.

Jas :

– Résultat des courses, vous êtes rendus à quel numéro ?

– Ben, je suppute que, officiellement, on n'a pas dépassé le quatre, nonobstant la vibration cervicale du gus penchait nettement vers le huit.

– Arrête-moi si je me goure, mais il se livrait à de la caresse en partie supérieure du corps par voie mentale ?

– *Le positif.* Je confirme.

– Je te signale que tu étais en extérieur sur ton muret.

– Ben, officiellement, mais…

– Et qu'il avait la mimine sur ta nuque. Or, je te ferai dire qu'on n'est pas en partie supérieure de corps.

– Ben, si.

La potesse mâche sa gomme à mâcher *mit* l'air horripilant de la fille qui pourrait cogiter. J'abhorre.

Jas radotant en mode couvre-fesses majeur :

– Ben, dans ce cas, si la caresse en partie supérieure de corps ne s'adresse pas au nunga, elle s'applique à toute l'anatomie de dessus de taille. À ce compte-là, la caresse de pif ou de menton entre en numéro sept ou huit.

Notre Seigneur, que la fille est irrrrrrrrrrritante. Et frangée.

Moi-même :

– Jasounette, j'essaie juste de te conter ce qu'il est advenu. On n'est pas en Inquisition Chorizo. Et je te signale que tu n'es pas Quasimodo.

La copine enfourche illico la chiffonnade.

– Ce n'est pas moi qui ai inventé l'échelle des trucs qu'on fait avec les garçons, Gee. C'est toi !

Une poube de passage me tend soudain les abattis et je songe un instant extatogène que je pourrais y enfourner Jasounette le popotin le premier à la mode Marrade *and co*. Sauf que, si je mets ce plan délicieux à exécution, la copine risque le coinçage en poube en raison d'un maxiculottage. Ce qui m'obligerait à grelotter les soldats du feu, en vue d'une désincarcération. Par ailleurs, je dois garder en souvenance ma volonté de passer la nuitée d'après concert chez sézigue, au cas où l'occurrence bécotale idoine se présenterait. Conséquemment, au lieu d'un bourre-pif ou autre, je lui décoche le sourire avenant *mit* ces mots :

– Jasounette, tu n'es pas sans ignorer que tu es ma meilleure potesse *und* que je te considère comme la sage femme de la forêt. Puis-je faire le récit simple de mes dernières survenues ?

Miss Frangette en secousse de frange :

– Vas-y, je t'écoute.

Je lui narre dans l'enjambée la proposition de vacances transalpines. Icelle-même en est comme huit ronds de flan.

– Ouaouh. Ben, c'est quasi comme si tu étais gussette de compagnie officielle. Tu ferais bien te prendre ta décision *fissa*. Sauf que tu ignores total si Robbie en pince pour toi. Tu lui plais en mode poteau, mais te considère-t-il comme de la chair à copine officielle ? Je n'aimerais pas être dans tes croquenots, à ne pas savoir qui est mon gus de compagnie et tout. Hier soir, on était ensemble, Craquos et moi, et tu sais quoi ? On rangeait ma collection de chouettes par taille... C'était, oh, je ne peux pas te dire... Et soudain, il m'a pris la mimine et il a fourré mes doigts dans sa bouche et il les a suçotés.

– Nom d'un wapiti en congé sabbatique ! Du bécot de paluche ! C'est quel numéro sur l'échelle des trucs et des machins ?

– Je l'ignore. Qu'est-ce que tu dirais de quatre et demi ? Le bécot ne concernait que les didis, pas la mimine entière.

Je m'abstiens de lui demander quel gus de ses accointances peut enfourner la paluche en totalité et en orifice buccal, pour cause de haut-le-cœur en embuscade.

Stalag 14

9 h 30 Lindsay la Nouillasse est sur mon échine à plein régime. En passant devant sézigue pour me vomir en sport, j'entends ceci :

– Marche correctement, Nicolson.

Qu'est-ce que le sens ?

En courts de tennis

Match : bibi contre Melanie Griffith. Honnêtement, ça devrait être interdit. La fille a le nunga-nunga dangerogène pour la santé. À mon avis perso, je ne vois pas comment elle arrive à taper dans la balle, sachant qu'elle a la vision bouchée. Je gagne quatre-vingt-cinq millions à zéro. Chaque fois que Soutif Maousse se penche pour ramasser une balle, je crains pour sa vie *und* m'étonne de ne pas la voir effectuer la cabriole le nunga le premier.

Intrusion brusque de Lindsay la Nouillasse *und* Monica la Trop Consternante en court ! Les immondes se propulsent vers les chaises d'arbitre en laissant un sillon baveux derrière leurzigue. La Nouillasse a les globes oculaires braqués sur bibi. Une supposition que le zieutage homicide, une certitude que je suis plus décédée que le décès sous traitement décédant. À Décès-City.

L'effrontée blablate à la Trop Consternante en mode vocifération mais en position matage de ma personne.

– Si j'avais un gros nez, je ne saurais pas comment le cacher. C'est un truc auquel on ne peut pas échapper, tu ne trouves pas ? On dit que Barbra Streisand est une excellente chanteuse, mais elle a surtout un pif énorme.

Je n'en avais pas l'intention, mais je me rends calcul que j'aspire la narine à l'intérieur du faciès en servant. Si ça se trouve, je pourrais, par le truchement de l'inadvertance, filer un pain à la Nouillasse, qui la ferait choir de sa chaise. Cela dégoisé, je fais l'impasse sur le pain, l'effrontée risquant d'aller baver à la Mère Wilson ou Œil-de-Lynx et bibi risquant de se retrouver aussi mouillé à astiquer la collection de pelles du Père Attwood, le reliquat de son existence.

Mais Cigare de Pieuvre n'a pas fini de vider son pochon :

– Je ne sais pas quoi faire concernant Massimo et Robbie. Ils sont tous les deux craquants, non ? Et je ne voudrais faire de peine à personne, mais…

En filage de-ci *und* de-là autour du court ou en attente de récupération d'équilibre égaré par Melanie, j'avise la Trop Consternante en hochement de caboche de canidé-hocheur sur guiboles. La Nouillasse continue de se vidanger tel le lavabo *mit* agitation de ses stupides rallonges capillaires *und* croisement de rotules cagneuses. Notre Seigneur, que je la hais. Et que je te blablate et que je te blablate :

– D'une certaine façon, j'ai l'impression que Robbie s'est planté avec moi. Il est parti et ainsi de suite, alors qu'on avait eu une relation méga sérieuse. Total, si son boulot passe avant, comment savoir si je peux compter sur lui. Mais il est tellement pressant, tu vois ? D'un autre côté, Massimo a ce charme latin et… (à voix élevée), il embrasse comme un dieu. Faut dire qu'ils s'y connaissent, les Italiens !

La cloche retentit au moment où Melanie en tentative de rattrapage de balle se prend le gadin de la décennie qui la projette *manu militari* dans le filet. Je lui prête mimine-forte, dans le dessein de lui faire retrouver la ferme terre quand la Nouillasse, sur le départ *mit* la Trop Consternante, me balance ce qui suit :

– Ton revers est faible, Nicolson. Quand tu auras un peu grandi, tu pourras peut-être affronter des joueurs dignes de ce nom.

L'effrontée fait mine de parler tennis, mais je sais très bien de quoi elle tchatche.

Q.G. du Top Gang

Dej Les dires de la Nouillasse m'ont filé le courroux de premier plan. Tout ou partie est-il-t-elle digne de foi ? La fille bécote-t-elle le Transalpin pour de réel, sachant que je suis quasi son épousée juvénile ?

Rapport circonstancié au Top Gang.

Roro :

– Si je percute correctement, Scooterino t'a vomi la visite bécotale *mit* proposition de déplacement au Pays-de-la-Mozzarella-et-Tomates-à-la, sauf que tu redoutes la tromperie avec la Nouillasse.

Jools :

– Lequel tu préfères, Super-Canon ou Scooterino ?

Bibi :

– J'ignore quoi cogiter.

Roro :

– C'est là que les potesses s'avèrent nécessaires en vue d'une distribution de sagessitude profitable. Aboule ma pilosité faciale.

Le Top Gang pose séant en mirant Roro enfiler la susdite et se livrer à un « tout schuss sur le disco viking » version solo. Même pour une fille domiciliée à résidence Tourneboulement, venelle Tourneboulement, Tourneboulement-Ville, la prestation est *sehr sehr le riant*.

Rosie en pose de séant et halètement :

– Je regrette la pipe. Sven est parti au lycée avec en vue de la repeindre pour samedi. Vous êtes au jus qu'il a dégotté le boulot de DJ ?

Nom d'un tamia rayé en baisse de régime.

Roro suite :

– Nous devons garder souvenance que le gus est modo grosso le mystère et, comme préconisé dans le bouquin, la convenance est de le tenir par l'élastique. En foncé, il est requis de le laisser batifoler à sa guise dans le dessein de le faire revenir vers nozigue à la vitesse de la loupiote. Pour ma part perso, je sais quand Sven revient de plus moche, j'ai la preuve en suçon.

Jools :

– Je vous livre le plan. Top Gang en alerte maxi samedi prochain au concert des Stiff Dylans pour se faire l'idée. J'explique. Repérage de signe indicateur de pincement pour la Nouillasse de la part de Scooterino et devinette de traitement de Gee en gussette de compagnie par Super-Canon.

Jas :

– Pourquoi Robbie ferait-il un truc pareil ? Il n'est pas dément.

Je lui décoche illico le zieutage noir. Nonobstant, je confesse un certain abattement consécutif à l'affaire.

Bibi :

– Même mézigue ignore lequel me botte véritablement. C'est un fait que j'en ai d'abord pincé pour Super-Canon. C'est mon premier bécoté.

Jas, ou plutôt Miss J'oublie Couic l'Aliénée, blaze qui lui conviendrait mieux :

– Je te ferai dire que c'est faux. Parce que c'est le Bulot ton premier bécoté. Ensuite il y a eu Mark Grosse-Bouche, qui t'a posé la main sur le nunga-nunga en prime et quasi à votre initial rencard. Possible que Scooterino ait eu vent de ta réputation. La femme doit se montrer très soucieuse de son honneur.

C'est la goutte qui fait déborder le pichet. À la première occase, je la cloître dans un casier, son maxi-couvre-fesses en couvre-chef.

Rosie :

– Au fait, où en est toute une chacune au chapitre bécot ? Des nouveautés à annoncer ? Moi oui. Esgourdez plutôt : « *Le bon jour* numéro huit. »

Une demi- d'heure après Le fin mot du conte est que Roro et le géant des steppes glacées devancent l'ensemble du Top Gang par l'entremise d'une halte au numéro huit (caresses sur la partie supérieure du corps en intérieur). Ellen est bonne dernière *mit* un quatre « ou quelque chose, enfin, je me goure ? Ben, je ne sais pas si je... ». Les autres piétinent en majorité au numéro cinq.

Après des suspensions de délire hybridé fort fard, Jas concède que sézigue et Mister Nature ont comme qui dégoiserait percuté le numéro sept. Bibi annonce que, d'un point de vue strictement officiel, elle en est au sept, mais que, en réalité cervicale, elle a touché le huit.

Miss Frangette dite Mesquina :

– Si je comprends bien tu es en huit virtuel.

Je lui décoche le matage funeste, mais la fille fait celle qui hâle. Je tourne alors caboche vers Jools.

– Et tézigue, Jools, tu en es où *mit* Rollo ?

La potesse laisse la cantonade comme neuf ronds de flan en annonçant qu'elle a percuté le neuf.

Votre serviteuse :

– *Le quoi ?* Activité en dessous de taille ? ? ?

Jools :

– Ben, genre.

– Comment ça, genre ? ? ? ? ? ? ? ? ?

Toutes les mirettes sont braquées sur sézigue. Totale stupéfaction du Top Gang.

Pour clore, Jools a montré son couvre-fesses à Rollo en venelle suite à un « t'es pas cap ».

Moi :

– C'est tout ?

Jools :

– Ben, j'ai agrémenté l'exhibition d'une secousse de hanche, qui fut à son goût, me semble-t-il.

Je doute de ne pouvoir en endurer davantage. Pas impossible que je tourne gardienne d'abeilles homosexualiste.

En paddock

Rouleaux posés en vue d'un max de ressort au rayon perruque. À tous les pains, le gus n'a pas ce genre d'épreuve à supporter. Je peine à l'imaginer en paddock, la caboche hérissée d'épingles à perruque.

Deux minutes après Toutefois, je sais qu'il se livre à des trucs et des machins dans le dessein de se rendre plus attrayant aux mirettes des filles, style arborer la frange en longueur et ainsi de suite. Déambuler *mit* la hanche en devanture *und* la paluche en poche. Se mettre du sent-bon dont un demeuré a vanté les mérites dans le poste, garantissant que ledit sent-bon attirait la femelle tel le miel et la mettait en volonté prompte de passer au numéro six avec le quidam qui le portait.

Ce soir, j'ai croisé Oscar, apprenti demeuré de son état, et manqué la défaillance. Perverso Junior empestait le sent-mauvais plus fort que la force. Je fus limite en suffocation. Une supposition qu'il allume la clope après vaporisation de senteur, une certitude qu'il expire.

Une minute après Je pourrais lui proposer la cibiche et galoper me planquer en refuge éloigné.

Vendredi 22 juillet

Debout à l'aube sur les pains de 8 h. Coup de mirette dans la glace et qu'avise-je ? Une pustulette en germination ! ! ! Nooooooon. Aspersion véloce de sent-bon sur zone. Nul gus vif n'apprécie la fille dotée du double menton. C'est un fait. À moins que la Mère Fil-de-Fer ne soit fournie au rayon gus de compagnie. Auquel cas, la planète abrite un quidam qui en pince pour la femelle multimentonnée. Et je précise que la multimentonnade ne se limite pas à la caboche. Hahahahahahha. Oh, Notre Seigneur, j'ai chopé de l'hystérie de pré-choix de gus de compagnie.

8 h 20 Ma délicieuse et néanmoins aliénée sœur est au bigo. Qu'elle tienne le combiné par la queue et n'ait pas d'interlocuteur à salement parler ne semble pas lui gâcher la converse, que je vous retranscris ci-devant :

– Je sais, oui, oui, M. Cucul vient à l'école aujourd'hui avec culotte en popo ! Hahahahahahahahahalalalalalalala.

S'ensuit du grognement, puis l'enfant clôt l'entretien par ces mots :

– Au revoir, Trouduc !

Et elle raccroche *mit* brutalité.

La gosse qui a visualisé sa grande frangine exige la prise en abattis. Or, je vous ferai blablater qu'elle ne boxe pas dans la catégorie fluette. Obligée de m'appuyer contre la lourde pour ne pas égarer l'équilibre. Une fois perchée, la mouflette me couvre de poutous.

– Je t'aibe, je t'aibe, ma sœurette velue. Je t'aaaaaaaaaaaaaaaaaaaaaibe.

Sœurette velue ? La gosse aurait-elle détecté une pilosité qui m'aurait échappé ? Le gène de l'orang-outan aurait-il décidé de dégobiller la visite de courtoisie à la pustulette ? Je repose l'enfant aussi mouillé en la distrayant *mit* cette déclaration :

– Zieute, Libby, Angus est en train de faire popo dans le tiroir à cravates de Vati.

Ce qui se révèle plus vrai que la vérité.

Galopade en salle de bains.

Une minute après *Le négatif*, tout baigne au rayon pilosité farceuse. Je suis plus soyeuse que le popotin de nourrisson, mais sans l'option protubérance couche-couvre-fesses.

En chambre

18 h 00 Pour une fois dans mon existence, j'ai arrêté le choix sur ma vêture de samedi. Que je vous la narre : jupe en cuir de frais achat, boots et cache-battant. Voilà. Notre Seigneur, merci, je suis fixée. À présent, je peux consacrer la concentration à la tartine *und* perruque.

Cinq minutes après Boots ou croquenots roses ?

Deux minutes après J'abhorre ma jupe en cuir. Trop nulle.

Trois minutes après Robe azur dans ce cas. Bien vu, le chinchilla.

Cinq minutes après Suis-je réellement en volonté d'afficher la nasitude ?

18 h 30 Descente en rez-de-venelle et sortie en extérieur avec pose de séant sur muret. L'air embaume le chaud. Les Porte-à-Côté sont en jardin, boulottant ce qu'ils imaginent niaisement de la sustentation méridionale. Or je ne connais pas de Transalpin ingurgitant l'œuf sur toast dînatoire. Qui plus est *mit* chipolatas.

Et je vous ferai remarquer que le couple irascible me mate. Or *bis*, le Transalpin ne mate pas, il chante et flatte sa guitare.

Note, si les Porte-à-Côté sont en souhait de boulotter la saucisse accommodée au zieutage, ça les zieute. Ils passent le moment agréable, c'est ce qui compte. Ma philosophie nouvelle préconise un profit de la vie hybridé vision de ce qu'il advient. Comme me disait Jas pas plus tard que tout à l'heure : « *Que sera sera,* qui vivra verra, verra. »

Car « je n'ai pas le temps pour la bisbille, mon poteau », comme fredonnait jadis le groupe mythique. Car *bis* « on n'a besoin que d'amuuuuuuuuuuur », fredonnait le même, crois-je. Seulabre l'amuuuuuuuur est important. Et non ce que le voisin doté du postérieur taille bison becquette au dîner, ni la vêture de la fille possiblement adulée ou non par le Sublimo en surnombre.

Ce n'est pas la robe qui compte, mais le battant qui bat dessous.

Cinq minutes après Coup de bigo à Jas.

– Jasounette, que mets-je demain ?

– *Le quoi ?*

– Demain, au concert de mon existence, que mets-je ?

– Je vais te dire ce que tu ne dois pas mettre. Fais l'impasse sur le talon haut si tu dois courir attraper un train comme l'autre fois !

Sur ce, Maxi-Culottée entre en hilaritude mâtinée beuglement d'oie irritante. J'esgourde un individu s'esbaudir de concert.

Mézigue :

– Le conseil est *le trop lamentable* en provenance d'une meilleure potesse. Par ailleurs qui s'esclaffe en fond sonore ?

– C'est Tom. Il m'aide à faire mon sac pour l'excursion camping.

Le coup de boule me démange. Cependant, il me faut garder la quiétude, en vue de passer la nuitée chez sézigue samedi. Le pire, c'est que je me fade la liste des activités championnes en tartitude auxquelles l'enfrangée compte se livrer en nature. Quelqu'un peut me citer le quidam intéressé par la construction de la planque spéciale observation d'agissements nocturnes à forte teneur barbifiante du furet et autre blaireau ? Agissements qui se résument modo grosso à de l'excavation *und* production de popo.

La réponse est Jas. Sézigue est total fascinée par ce genre de fadaises.

Jas :

– Tom dit qu'avec un peu de chance, on verra des renards.

Moi-même en mode railleur :

– Yoooooooooooupi !

Mais, soudain, la souvenance de ma nuitée chez elle me revient et j'opère un véloce tête-à-queue qui donne ceci :

– Yoooooooooooupi ! J'espère qu'on zieutera du renard et possiblement de… euh… de la chèvre.

Jasounette :

– Pourquoi ? La chèvre ne baguenaude pas en forêt que je sache. Elle vit à la ferme.

– Une supposition qu'elle en ait soupé de la ferme et soit tentée par la sortie, en vue de se faire de nouveaux poteaux sylvestres.

– Tu blablates n'importe quoi.

– Jas, je me contente de souligner l'injustice criante dont la chèvre est victime. Je ne vois pas pourquoi le renard et le blaireau, qui d'après mézigue ne lèveraient pas la patte pour filer le coup de paluche à autrui, auraient le droit de se balader en futaie qu'on le veuille ou non, alors que la pauvre vieille chèvre, qui approvisionne la population en lait et ainsi de suite, devrait rester en cambuse. C'est tout ce que je dégoise.

– Faut que j'y aille.

Et elle me raccroche au pif.

Une minute après La fille est plus horripilante que la pile. Cependant, toujours garder au cervelet que je suis en nécessité de passer la nuitée chez sézigue après concert.

Re-coup de grelot :

– Jas ?

– Quoi ?

– Je t'en supplie, ne prends pas l'abeille avec l'affaire chèvre.

– Tu racontes des fadaises.

– Je suis en connaissance, mais j'ai le nerf en pelote et le tensiomètre au max. Je t'en supplie, plie, ma potesse. Supplie, plie, plie ?

– Ben…

– Je jure de manifester le contentement en cas de vision de renard.

Dix siècles d'affabilités plus tard, Jasounette me décoche le pardon. Ouf. Merci, Notre Seigneur. La meilleure potesse est le trucmuche le plus important du monde. Sans compter qu'elle se garde par-devers sézigue alors que le Sublimo va *und* vient.

Et… qu'elle est d'accord pour que je roupille chez elle. Hourra !

En cuisine

La mère de famille en préparation de manger :

– Alors, dis-moi ce qui se passe demain, ma Gee ?

Oh, Notre Seigneur. Note, je ferais aussi bien de lui lâcher deux bribes, étant octroyé que j'ai dans le dessein de lui emprunter son sac à paluche noir. Même si j'en suis formellement suspendue, pour cause de renversement de chocolat chaud à l'intérieur.

Moi-même :

– Tu as souvenance du concert et du fait que je passe la nuitée chez Jas, pour cause de vicinalité plus proche.

– Ce n'est pas plus près si ton père vient te chercher en voiture.

– Mais ceci n'adviendra pas.

– Pourquoi ? Tu lui as demandé ?

– *Le négatif.* Ceci n'adviendra pas parce que ceci n'adviendra pas.

– Au fait, je ne me rappelle pas t'avoir donné l'autorisation de dormir chez Jas.

– Tu m'as filé le laissez-passer pour le concert la semaine dernière !

– Je sais, mais quel rapport avec la nuit chez Jas ?

– Je sommeille TOUJOURS chez sézigue après concert.

– Pas du tout.

– Ben, si je ne le fais pas, c'est seulement parce que tu t'ingénies à me gâcher la vie.

– Quoi ?

– Tu n'es pas sans ignorer l'importance de demain. Je t'ai narré l'affaire Super-Canon et ultérieurement Scooterino s'est pointé à la cambuse pile quand j'étais en bain et ainsi de suite, et je n'ai toujours pas le droit de me teindre la perruque, subséquemment j'ai le look tarte, et je vais me traîner tout le concert *mit* perruque ordinaire, alors que toute une chacune est en autorisation de se la colorer. Et à l'heure de tout de suite, tu me blablates que, bien que tu m'aies filé le visa pour roupiller chez Jas, tu ne serais pas au jus. Je jette la lavette. Tu sais quoi ? Je vais demeurer en chambre le reliquat de mon existence. Tu es ALLÈGRE maintenant ?

Dix minutes après Mutti ayant atteint le pic d'exténuation par mon entremise me balance l'assentiment pour dormir chez Jas ! *Yeeeeeeeeeeeeees ! Und* lui emprunter son sac à mimine.

Résultat des courses : même si je déambule demain en nudité pour cause de non-décision au rayon vêture, j'aurai le sac chou.

Pelotonnée en paddock

Une supposition que je me page tôt, une certitude que le temps passe plus promptement et que demain arrive *fissa*, si vous visualisez ce que je veux dégoiser.

Personnellement, je visualise.

Le bon nuit.

21 h 00 Dressage de liste du « pour ou contre » des bonus *und* malus de Super-Canon et du Sublimo. Voyons voir. Commençons par le plus important : le look.

Vingt minutes après Je vous livre les résultats de l'étude :

<u>Scooterino</u>

* Look : 10/10 les didis dans le blair.

* Atouts particuliers : mirettes de félidé + irradiation Mozzarella.

* Compétences bécotales : *muchos buenos.*

* Sens de l'humour : va savoir. Pas aisé à dire, n'ayant jamais esgourdé la blague transalpine. Ou sans la percuter.

* Personnalité : *le positif.*

* Attentionné : *le positif*, vu la civilité en *le grand quantité* déployée par sézigue en séparation d'avec son

ex-fiancée. *Und*, bien que j'appréciasse moyen, la droiture dont il fit preuve en requérant la réflexion avant de décider si, oui ou flûte, il sortait avec mézigue.

* Malus : hmmmmmmmmmmmmmm... Hypothétiquement un zeste de « Ooooooh, gaffe à ma perruque, mon sac à paluche te sied-il ? » général. Nonobstant, maintenant que j'y cogite, je ne crois pas avoir remarqué d'épisodes « sac à paluche, gaffe à ma perruque » moi-même perso. Dave la Marrade s'en fait l'écho. Le BEAUCOUP. Et l'Apprenti Saindoux a bien vociféré : « Son copain sait que tu le bécotes ? » Faut-il en conclure que le Transalpin dégage la tonalité homosexualiste ?

* Paramètre Lindsay la Nouillasse : qui ne mesure pas l'étendue de sa non-valeur, mais n'a pas dû dépasser le couple de soirées en sa compagnie. Du moins en l'état actuel de mes connaissances. Conclusion, il se peut qu'il ne l'ait pas bécotée. Même si l'effrontée accumule le sous-esgourdé sur le sujet.

Passons maintenant à :

<u>Super-Canon</u>

* Look : crousti-fondant. Néanmoins, dans un souci de précision et de justice, je cogite être en devoir de lui soustraire le demi-point pour cause de préférence perso en faveur de la mirette jaune au détriment de la mirette bleue. Résultat des courses : disons un neuf et demi.

* Atouts particuliers : aptitude à s'accorder *mit* mézigue, y compris les fois où mon cervelet prend quelques jours de vacances en solo + pas rancunier *mit* Super-Matou même quand le félidé lui déchiquette le falzar + préfère l'hilaritude au coup de grelot à la maréchaussée le jour où ma mèche décolorée me reste dans la mimine suite à un passage de en perruque.

* Compétences bécotales : vous m'en dégoiserez tant ! Car, le bécot remontant à la nuit des temps, je n'en ai guère souvenance. En revanche, j'ai stocké en mémoire le souvenir curieusement chou de son mordillon d'esgourde. À moins que ce fût une invention de la Marrade.

Dégage de la liste, l'expert en poilade, tu n'y es pas inscrit ! Je te ferai dire qu'elle ne concerne pas les « strictement poteaux ».

* Sens de l'humour : modo grosso bon, nonobstant, je crains, une non-extension au chapitre ritournelle. Comme je le disais précédemment, *Oh, non, c'est encore moi*, narrant la coupure d'oreille de Van Gogh par sézigue, est le chant le plus dépressiogène jamais écrit. Et faites confiance à bibi, je sais de quoi je parle. Mon Vati m'a passé *Agadoo* en *le tel quantité* que je reconnais le chant dépressiogène du premier coup d'esgourde.

* Personnalité : *le positif*, suppute-je. Néanmoins, si j'en crois la Marrade, on ne peut accorder sa totale confiance à un quidam portant croquenot en caoutchouc pour cause de réfutation du cuir.

* Attentionné : le gus est chou *mit* Angus *und* Libby, qui ne sont pas de la petite bière. Subséquemment, je lui attribue le huit à la rubrique.

* Malus : hmmmmmmmmm… la susmentionnée obsession à l'envers de la planète, du wombat, etc. Le gus a indéniablement du Jasounette en sézigue. Et pour être franche, il m'a déjà préféré la wombat. Conséquemment, félidé échaudé craint le trucmuche.

* Paramètre Lindsay la Nouillasse : inutile de fermer la mirette sur le fait qu'il y a eu contact labial entre sézigue et des bouts d'anatomie de l'effrontée. Il fut ni plus ni moins que son gus de compagnie. Il n'a aucune excuse. De plus, il ne lui a toujours pas administré la

rouste mentale de premier bourre-pif qu'elle mérite abondamment. Mais le majeur malus est que j'ignore total s'il est en volonté de me prendre pour potesse à la mode poteau ou pour future gussette de compagnie.

J'ai le besoin pressant du quidam avec qui discuter le bout de maigre. Une supposition que tout baigne avec la Marrade, une certitude certifiée que je demanderais son avis perso au conseiller allumage.

Une minute après Tout bien cogité, *warum* ça ne baignerait pas *mit* l'expert ? Il s'en battait visiblement la mirette avec une patte de lémur mongoz que je déambule *mit* SuperCanon, à qui il a même proposé de disputer le match de billard. Aux globes oculaires de tout un chacun, du comportement de poteau certifié et non de bécoteur potentiel. Conclusion, la sollicitation est possible. Je solliciterai.

Une minute après Cependant, je sens moyen de lui passer le coup de grelot questionnaire bille en caboche, sachant qu'il a de la « compagnie ». Optons pour l'entretien en cigare à cigare demain au concert en vue de lui soutirer l'avis.

Excellent plan.

Vu la surchauffe cervicale dont je suis soudain victime, je ne vois pas comment je vais retrouver les abattis de…

zzzzzzzzzzzzzzzzzzzzzz.

EN SERVICE PIPI ET CIE DE LA VIE

Samedi 23 juillet

9 h 00 L'heure est-elle trop matinale pour entamer la préparation de mézigue ?

Coup de bigo à l'enfrangée.

La potesse est toujours en sommeil.

9 h 30 L'ensemble du Top Gang continue d'en écraser. Plus couleuvre, tu décèdes.

Warum ne pas me livrer à de la galopade sportive en prairie en vue de secouer le globule de-ci *und* de-là en édifice corporel ?

10 h 15 La sensation est *le plaisant* de naviguer parmi les éléments. Mes petites potesses rayées, les abeilles, froufroutent de végétal en végétal. Si ça se trouve, à l'heure où je vous blablate, la reine escamote l'excédent de vermicelle d'un quelconque bourdon venu lui passer le bonjour en cambuse. La pensée est *sehr* réjouissante. À moins que deux souveraines ne se mettent la peignée. À moins *bis* que l'ensemble des hyménoptères ne fredonne le chant jouasse en tricotant le paletot à rayures.

Galope, galope, le rebond remisé d'une paluche de zinc *und* le nunga-nunga caboche baissée, histoire de ne pas m'en prendre un coup en globe oculaire et galope, galope, galope.

Mais qui avise-je ? Les Porte-à-Côté en promenade de canidés à bouclettes. Le voisin balance le gourdin aux frères Dugenou et les demeurés se lancent à sa poursuite *mit* force glapissements. Les deux vioques sont ni plus ni moins que de la prise d'espace grotesque… et les K niches aussi ! Hahahahahahahahahaah ! J'ai sorti la blague intérieure. Il serait judicieux d'en expectorer un max avant ce soir, pour cause de leçon apprise par battant et par mézigue : ne jamais laisser le cervelet vagabonder à sa guise *und* à tire-d'aile. Au risque d'esgourder mon appendice buccal débiter de la faribole.

Je dépasse les Porte-à-Côté en mode cavalant *mit* signe de la main enjoué à leur envers. Pour toute réponse, les tricentenaires me décochent le zieutage alarmé. *Qu'est-ce que le point* avec leurzigue ? Comme si j'allais leur infliger la souffrance en vêture de short sportif ?

11 h 00 Galopade prévue jusqu'à l'orée de futaie et retour. Vu l'heure avancée, je pourrais passer franco à la phase étuve *und* nettoiement de faciès, hybridée emplâtre capillaire simultané. Suivie d'une véloce station au chapitre mangeailles déjeunatoires supposément mitonnées par ma génitrice. Station icelle-même talonnée par une pose de concombre à la rondelle *und* masque facial en position horizontale, le temps que le million de germes et enzymes qui squattent mon enveloppe corporelle se repaissent des reliefs de mon repas. Millions auxquels je conseille sans détour de s'activer *fissa* dans le dessein de me remercier de les transbahuter de-ci *und* de-là toute l'impie journée.

Ce qui nous amènerait modo grosso sur les ramponneaux de deux heures, le moment de plonger en bain splendide arrosé à l'onguent spécial oignant de Mutti, escorté d'une vérif sans coup férir de la totale surface organique, à la recherche de l'incartade signée gène de l'orang-outan. M'étant désherbé le sourcil pas plus tard que la veille d'hier, la situation devrait être régularisée. Toutefois, méfions-nous de la tendance fâcheuse de la pilosité sourcilière à la pousse dans la seconde.

Sortie de bain programmée vers les cinq heures et embarquement immédiat en séance tartine en vue d'être fine prête sur les pains de six heures et demie.

Une minute après Galope, galope, pas impossible que j'envisage le raccourcissement de l'étape bain en vue d'obtenir le périmètre de sécurité. Une supposition que l'affaire tartine tourne au désastre, style eye-liner farceur ou gnon de brosse à mascara en mirette, une certitude que le rab de temps ne sera pas de refus.

En bain

16 h 00 Vous avez dit délassement ? *Le négatif* est la réponse. Vati me rend bique *mit* ses vociférations par trou de serrure :

– Ça serait trop te demander de libérer cette salle de bains avant ma mort ?

Je mettrais ma mimine au hachoir qu'il traîne sur zone dans l'espoir de me voir prendre une baignade et conséquemment m'irriter. Le père de famille fait atelier bricolage le jour d'hui, ce qui devrait nous conduire prestement à une évacuation vers les urgences les plus proches. *Und* à une libération de l'espace.

Warum l'homme s'entête-t-il à vouloir se livrer à de l'activité père de familiale pour laquelle il n'a pas été procuré ? Mutti était en volonté de cuisine repeinte et Vati lui a certifié sur facture qu'avec le concours d'oncle Eddie, ses désirs seraient des réalités. Je vous signale en passant que la planche à découper est passée à la couleur par le truchement de l'inadvertance pas plus tard qu'il y a deux secondes.

En cuisine

16 h 15 Vati et Chauve Ier sont modo grosso jaune d'or de nougat en cap. Ils auraient disputé la partie de paint-ball que nul quidam ne s'en étonnerait.

Deux minutes après La cuisine aurait disputé la partie de paint-ball que nul quidam ne s'en étonnerait.

Mutti me décoche l'œillade.

Je la lui retourne aussi mouillé.

Mézigue :

– Je te ferai dire que tu l'as choisi.

Sur ces mots, je regagne mon boudoir.

Claire illustration s'il en est de l'importance du soin à apporter au choix du conjoint. Mutti se serait montrée plus judicieuse en exigeant le questionnaire dûment rempli par le postulant, *mit* interrogations de la sorte : Possèdes-tu la santé mentale ? *Und* l'option bricolage ? Exemple, sais-tu réparer la roue de vélocipède sans te prendre la paluche dans la chaîne, prise entraînant ton convoyage immédiat vers l'hosto de proche vicinalité ? Une supposition que le postulant (Vati) ait répondu par la négative aux deux interrogations, une certitude que Mutti devait prendre ses guiboles à son cou.

Note, comme je le lui fais judicieusement remarquer, mézigue perso aurais fait l'impasse sur le questionnaire, étant octroyé qu'un véloce coup de mirette au blair taille tapir de Vati aurait éliminé sa candidature d'office.

En chambre

Si Tête de Pieuvre n'avait pas mis le didi dessus, j'aurais quasi égaré souvenance des mensurations de mon pif. Une vérif s'impose.

En glace

L'appendice nasal ne lutte pas dans la catégorie racho, il faut en convenir. Nonobstant, si je m'abstiens du sourire toutes voiles dehors, il peut prétendre à la semi-normalité. *Le warum*, je l'ignore. Possible que l'ensemble facial se soit développé en périphérie pifale.

19 h 10 Prête. Plus prête que prête, par le fait.

Aucun incident à signaler au chapitre tartine. Enduit d'étanchéité bécotale posé sur lippe, toutefois pas en paupière. Je vous livre la vêture victorieuse des éliminatoires : mini-robe bleue *und* boots. Pour une fois, ma perruque affiche *le correct*, *mit* ressort et umph à tous les étages.

19 h 15 Coup de grelot à Jasounette.

– Tu es prête ?

– *Le positif*, et toi ? Craquos et Super-Canon y vont

ensemble. Total, je te retrouve à la grosse horloge avec le Top Gang si ça te chante ?

– Méga d'accord. Je ne te cache pas l'anxiété de petit format. J'espère ne pas choper l'attaque de nerfs en chemin.

– Je t'en supplie, évite. La dernière fois, j'ai eu de l'échelle de collant en percutant la boîte aux lettres avec tézigue.

En grosse horloge

19 h 40 Le Top Gang, le retour ! ! !

Roro accuse le total look noir, en similitude *mit* Sven. J'ajoute cependant que l'Esquimau parachève la vêture par le port du couvre-chef de cowboy.

Le susdit :

– *Ciao baby, hasta la vista.*

Qu'est-ce que le sens ?

Roro :

– Il n'est pas craquant, mon promis ?

Moi-même :

– Euh… *le positif.*

Ellen, Jools, Mabs, Jasounette, bibi, Honor et Soph (stagiaires Top Gang) déambulons de conserve, la blablation à plein régime, Sven et Roro closant la marche. Deux millions de quidams attendent devant l'Old Market. Mais couic n'arrête le géant des steppes glacées qui se propulse illico jusqu'à la lourde en vue de tailler une petite bavette au gardien de. *Le trop génial*, à tous les ramponneaux, on va se faire licencier avant même d'avoir la chance de mettre le nougat à l'intérieur de la boîte.

Le gardien de à mon ébahissement massif :

– Entrez, les filles !

Aussitôt proposé aussitôt entré, sous les mirettes furibondes de Lindsay la Nouillasse *und* potesses en queue. *Yessssssssssssss ! ! ! ! ! ! !*

En concert des Stiff Dylans

La boîte est plus pleine que l'œuf. Les Stiff Dylans dégagent le supporter en *le grand quantité*. Je ne vous raconte pas l'exténuation consécutive à la sortie abondante à laquelle je me devrai dès que je serai passée gussette de compagnie de Scooterino. Note, je n'en crois toujours pas mes arpions. J'explique. On songe à un trucmuche pendant des suspensions et le trucmuche advient.

Une minute après Bémol, il adviendra si je le préfère à Super-Canon. À moins que le Transalpin ne me colle l'adultère *mit* la Nouillasse *und* que Super-Canon opte pour l'option poteau de mézigue. Auquel cas de figure, je passe burlesque mâtinée surclassée.

21 h 30 J'affiche le trop-plein de calorifère *und* tensionitude. Scooterino me décoche le sourire depuis la scène, mais pas la moindre occurrence de lui blablater. Cela dégoisé, le gus attribue le décochement de risette à la gent féminine sans compter. L'hilaritude me prend. Toutefois, je ne capte pas la totalité du quoi il retourne.

Survenue de Roro :

– Esgourdez, les potesses. Le morceau est véloce et nous fournit l'occase de fourbir notre « tout schuss sur le disco viking ». Chacune a la corne ?

Mézigue :

– Fichtre ! J'ai oublié la mienne. Continuez sans mézigue.

Rosie *mit* zieutage de ma personne :

– Serais-tu en désamuuuuuuuuur du « tout schuss sur le disco viking » ? *Und* n'es-tu pas en volonté de me conférer les épousailles jouasses ?

Bibi :

– *Le positif.* Nonobstant, étant octroyé que je dispose de dix-huit piges supplémentaires pour peaufiner la gigue, je ne me soucie guère.

Roro :

– À ta guise. Scuse, mais je ne peux pas te tenir le crachoir toute la sainte nuit, j'ai mon fiancé à bécoter.

Sur ce, la fille tourne les mollets et se jette sans plus tarder sur l'Esquimau qu'elle entreprend de bécoter devant la population. Kiwi sur le cake, le géant est en ingestion d'arachides simultanée !

En quarante-cinquième détour au Q.G. de la tartine

Rouge à lippes affichant toujours le rosé *und* tenue *und* brillant. Couic de surprenant dans la mesure où je n'ai pas fait la moindre halte à Bécot-City.

En plein repositionnement de nunga-nungas conjugué entraînement à la pulpitude, j'avise une petite caboche en bondissement derrière mézigue. Bientôt rejointe par une deuxième, à forte tendance rouquoïde. Deux petites caboches en bondissement derrière mézigue ? Les choupettes du Stalag 14 ! Que font-elles en ces lieux ? Et, si je ne m'abuse, plus tartinées que la tartine. On croirait le camion dérobé.

Bibi en retournement de bibi :

– Qu'est-ce que vous fricotez ici ?

Choupette numéro un :

– Le samedi soir, on aime bien en giguer une.

Seraient-elles dégarnies au rayon salubrité cervicale ? Les gosses sont à peine rendues à la douzaine.

Sur ces entre-fêtes, j'intercepte leurs jupes. Ou plutôt leur absence de, en la conjoncture. Les pitchounes portent la vêture en cousinage limitrophe de la ceinture.

Intervention de mézigue :

– Dites, les filles, vous n'auriez pas oublié d'enfiler la jupe avant de sortir ? Je vous signale qu'on n'est pas en gym.

Les deux gosses, se dandinant d'un nougat sur l'autre :

– C'est la mode, mademoiselle.

La mode ? Mademoiselle ? Que personne ne sorte, j'ai tourné mon Vati ! ! ! ! ! ! !

Dix minutes après Remontage de bretelles des mineures à base de graine de petit gabarit *und* chou *und* rose *und* cigogne. Assorti d'un avis de présence de la Nouillasse sur zone pouvant conduire à un savon de première mousse, escorté, *mit* coup de malchance, par un crochet chez éléphanta, autrement dénommée par les demeurés pure cassonade bureau de Fil-de-Fer.

Le chocottomètre des gosses monte d'un cran.

Rouquinette :

– On voulait juste s'amuser. On n'a jamais le droit de rien faire. C'est comme si on était en prison. Mon père m'enguirlande dès que je suis au téléphone ou dans la salle de bains ou que je me sers de son rasoir et tout.

Mézigue en mode hochement de caboche compatissant :

– Je suis en connaissance, connaissance, connaissance. Oh, *le positif.*

La gosse est *le trop juvénile* pour expérimenter la dramaturgie de la vie, et nonobstant. Je leur préconise la dissimilation en recoin obscur jouxtant le bar en vue de zieuter le concert la moitié d'heure supplémentaire. Suivie d'un retour en cambuse à la vitesse de la loupiote.

Curieusement, la mouflette a l'air de cogiter que je sais de quoi je blablate et obtempère. J'ai comme qui dégoiserait l'impression d'être l'heureuse propriétaire du couple de canidés rouquoïdes tartinés.

Retour en concert

Remise des choupinettes en cache obscure et abandon d'icelles à leur jouasse sort. La Nouillasse *und* potesses lamentables giguent à tout va (en foncé, se couvrent de ridicule) à l'autre bout de la boîte, en mitoyenneté de scène. Scooterino s'en bat visiblement la mirette avec une patte de macaco. Toutefois, le Transalpin semble s'en battre de même concernant ma personne, si on oublie la risette.

Un quart d'heure après Le musico se surpasse total. Toujours pas empreinte de Super-Canon. Scooterino s'égosille de belle façon et gigue comme la divinité. Provoquant la démencitude des nases garanties sans pesticide qui s'ébrouent devant sézigue. Une supposition qu'elles lui catapultent le couvre-fesses à la bobine, une certitude que je ne serais pas interloquée. *Le trop gênatoire.* La fille ignore la fiertitude.

Bibi à Jasounette :

– Ôte-moi d'un doute, Jasounette, tu ne balancerais pas ton couvre-fesses sur scène ?

– Pas celui du dedans.

Aurait-elle tourné givrée de premier givre ? Pince-moi, je songe, ou la potesse revêt la paire de couvre-fesses ? Le du dedans *und* le du dehors ? Je suis en frontière d'exiger la vérif perso de la double culottade quand je perçois de l'échauffourée du côté bar. *Le trop génial*, j'aurais dû m'en douter, les Saindoux Brothers ont déboulé et Mark Grosse-Bouche cherche un quidam.

Ellen, emboîtée par l'ensemble du Top Gang, est en souhait de voir de quoi il retourne. Résultat des courses, nous nous dégobillons sur zone.

Une minute après Ouaouh, ouaouhphile et je dirais même plus, ouaouhnard ! On est ni plus ni moins qu'en règlement de compte à OK Corral. La Marrade *und Co* affrontent les Saindoux Brothers ! À ce qu'il paraît, un gras-double a risqué l'entreprise de Rouquinette, style à lui haler la bretelle de soutif et tenter le bécot. La Marrade, avisant la choupette en déroute, s'est interposé.

Mark Grosse-Bouche à l'expert en poilade :

– Choisis une fenêtre, tu gicles.

Je n'ai pas le temps de fermer la mirette que, pour toute réponse, la Marrade lui pose séant sur caboche.

Deux minutes après Les Saindoux sont expulsés *paluchu militari* par le gardien de lourde et je ne vous raconte pas la vocifération qui s'ensuit :

– Gaffe à ton postérieur, vieux, on sait où tu crèches.

La Marrade :

– *Le d'accord*, nonobstant vozigue savez où vous créchez ? *Tel est le point*, les bas de plafond !

Sur la partance, l'embouché décoche à l'expert le double didi tourné vers ses mirettes, suivi du double didi tourné vers la Marrade. Double lui-même suivi par la prétendue section de gorge, permettant à surdéveloppé du groin de pulvériser tous les records homologués en demeuritude.

Les choupettes lorgnent la Marrade du globe oculaire rêveur.

Icelui :

– Maintenant, en cambuse, les filles. Plus *fissa* que la bise.

Les mouflettes en mode fifille :

– D'accord Dave.

Nom d'un grand polatouche en binôme.

Bibi à l'expert :

– Les mouflettes t'adoooooooooorent.

La Marrade en mode zieutage de ma personne :

– Je suis, il faut le dire, le tombeur de ces dames.

Puis l'expert se livre au twist endiablé subit, l'appendice buccal en cul de gallinacé, aux glapissements de :

– Appelez-moi Dave le Grand ! ! !

L'hilaritude me saisit... quand Emma déboule en situation, une consommation en paluche à l'intention du susmentionné. La fille m'octroie le salut et file le poutou accommodé accolade à la Marrade. Biscornu. Pas le poutou ni l'accolade, mais la sensation conquérant ma personne.

Retour vers le Top Gang à fond de micheline.

En pause d'orchestre

Débarquement de Super-Canon ! La Nouillasse devait être en alerte maxi, car elle se jette sur sézigue dans le dessein immédiat de le remorquer jusqu'au bar. Notre Seigneur, que je la hais. Je précise que Super-Canon n'affiche pas l'allégresse particulière. Il a plutôt la mirette en scrutation des alentours. Si ça se trouve, il est en recherche de moi-même. Victime de l'attaque soudaine de spasme, je glisse à Miss Frangette dans le creux de l'esgourde :

– J'entre en dissimulation derrière tézigue. Ne bouge pas. Je veux savoir ce qu'ils fricotent.

La potesse est plus lamentable que le lamantin au rayon camouflage. Elle ne cesse de perdre souvenance de son rôle paraventesque et se retourne à tout bout de pré vers mézigue en vue de me faire la converse. Résultat des courses : tout un chacun a le loisir de m'apercevoir à croupetons dans son échine. *Qu'est-ce que le point* de l'affaire ?

La Nouillasse exhibe une animation hors norme, si tant est que la pieuvre puisse exhiber de l'animation. Super-Canon lui déploie la politesse, mais semble un chouia inattentif. Sur ces entre-fêtes, il avise les Stiff Dylans sortir des loges dans le but de s'abreuver, il décoche alors le mot à l'effrontée et se trisse les rejoindre. Dès les chevilles de Super-Canon tournées, Guiboles de Phasme s'introduit la paluche en T-shirt et procède à un réajustement. Ah ! Ah ! Son nunganunga de contrefaçon a dû se faire la valise. Excellent.

Le musico n'est pas plus tôt installé à une table que la nuée de filles se propulse sur zone en mode froufroutant *und* benêt.

Jas :

– Gee, je vais au bar avec Tom. Débrouille-toi toute seulabre.

– Jasounette Spasmounette, ne m'abandonne pas. Chemine du pas non véloce, je me tiendrai en embuscade derrière tézigue.

Aussitôt dégoisé, aussitôt cheminé.

Quasi dégobillée devant la table des Stiff Dylans, la potesse entre en collision avec le géant des steppes glacées. Oh, non. L'Esquimau me repère en un couic de temps et me blablate ceci, joignant la prise en abattis à la parole :

– Ah ! ! ! ! ! Allons giguer, poulette. Sven aime la gigue.

Aussitôt dégoisé, aussitôt gigué.

Mais à la mode acrobatique ! Le nougat en non-contact avec le sol ! L'horreur sans adjuvant de synthèse. Et je mettrais ma caboche au fournil que la cantonade a la vue panoramique sur mon couvre-fesses et, par voie de conséquence, sur mes collants. Un spectacle pour le moins… euh… navrant.

Mézigue :

– Je t'en supplie, Sven. Repose-moi.

Le géant perd soudain l'intérêt en ma personne pour cause de Rosie ramenant sa framboise, affublée de la corne de bison, et vociférant à tout va :

– Le temps de la corne est arrivé !

S'ensuit une pose de moi-même sur table.

La table des Stiff Dylans.

Celle-là même où sont attablés Scooterino et Robbie.

Oh, *le extra !*

J'ai l'arrière-train en proche vicinalité d'un Super-Canon *und* d'un Sublimo.

Que dirait la fille bourrée de sophistication mâtinée maturosité en pareille occurrence ?

Bibi :

– Un quidam aurait les résultats de foot ?

Oh, non, je suis victime de la rechute. Glissement de ma personne en vue d'une sortie de table sous le zieutage de la cantonade.

Scooterino *mit* la moitié de sourire :

– Miss Georgia, j'espère que tu n'as pas le train à prendre ce soir.

Se résulte une hilaritude de sézigue forcissant hilaritude générale. Je vire illico plus vermillonne que la griotte. Notre Seigneur, merci pour l'obscurité des lieux. Départ non différé pour le Q.G. de la tartine.

Trop dommage, je croise la Nouillasse qui me colle son faciès effronté contre le mien perso et me glisse à voix peu élevée :

– Dis-moi, la pisseuse, tu ne te serais pas ridiculisée devant les grands garçons, par hasard ? Hein ?

En Q.G. de la tartine

Réunion au sommet et au complet du Top Gang.

Mabs :

– Tu as posé séant sur leur table ?

Jools :

– Tu as demandé les résultats de foot ? Rebelote ?

Rosie :

– Tu as évoqué le train à prendre ?

Ellen :

– Je veux dire, on, euh, voyait, euh, ta… culotte.

Jas :

– Je parie que tu rêverais présentement d'avoir le modèle géant semblable au mien.

De retour en boîte de la vie

À peine débouchée du Q.G. susmentionné, je chois sur la Marrade.

L'expert en rigolade *mit* risette attrayante :

– Dis-moi, Super-Coquine, tu n'aurais pas fait étape au service pipi et Cie, des fois ?

Mézigue *mit* un max de dignitude :

– Euh… *le négatif*. Certainement *le négatif*.

– Au salon du popo, alors ?

Le commerce de la Marrade est décidément une

régalade de premier régal. Hilaritude à tous les étages et de concert. L'expert me mate en mode dessous de cil. Je confesse que le gus est doté de la mirette chou, hybridée enjouée *und* sexy. Je me demande si je ne devrais pas…

Sur ces entre-fêtes, il me fait la déclaration que voici :

– J'étais en partance pour la pissotation.

Bibi en débit kalachnikov :

– Dave, puis-je te poser l'interrogation en ta qualité de conseiller allumage officiel ? À ton avis perso, que cogite Super-Canon de mézigue ? En foncé, es-tu au jus d'un trucmuche ? Style signal gussal énigmatique pour mézigue ?

La Marrade me ressert au chapitre zieutage, puis il tourne les mirettes en direction de sa copine en pleine converse *mit* potesses. Icelle lui balance le signe de mimine qu'il lui renvoie illico.

L'expert :

– À mon avis perso, tu bottes Robbie, mais il ignore à quoi s'en tenir *und* ce qui se mijote *mit* Massimo. Conséquemment, il trotte sur des œufs et la joue cool Raoul.

J'adore la Marrade.

Toutefois à la poteau, si vous voyez ce que je veux dégoiser.

Mais qui avise-je cheminant vers nozigue ? Scooterino. En fente de cohue, le Transalpin se fait alpaguer à qui mieux mieux par la gussette.

La Marrade :

– Ôte-mézigue d'un doute, ce ne serait pas le Transalpin qui ramènerait sa myrtille ? J'espère qu'il ne va pas me filer le pain de sac à mimine pour cause de bavette avec tézigue.

Bibi :

– Je te signale qu'il ne porte pas de sac à mimine.

Mais l'expert refuse la démorsure.

– Dans ce cas, j'espère qu'il ne va pas me filer le pain de soutif de gym.

L'expert est *sehr sehr* irritant.

Sur ce, le Transalpin arrive à destination nozigue.

La Marrade :

– Super paire. Je file au pissodrome.

Aussitôt dégoisé, aussitôt filé.

Scooterino :

– Lui aller au pissodrome ? C'est quoi, pissodrome ? Oh, Notre Seigneur.

Moi-même :

– Ben, tu vois, c'est comme qui dirait l'équivalent gus du… euh… service pipi et Cie… *Le négatif, le négatif*, oublie. Il est allé aux goguenots.

Le Transalpin en risette :

– Mon anglais est toujours, comment vous dites… ?

– *Lamentablo ?*

Un quart d'heure après Pas impossible que je ne touche plus glaise. Scooterino prend l'aéroplane pour le Pays-de-la-Mozzarella-et-Tomates-à-la dès potron-minou avec étape à la station exécution de valise en sortie de concert. Mais il me propose la retrouvaille *mit* sézigue assortie d'une visite de son chez-lui avant démarrage ! Une supposition que je ne me pointe pas chez Jasounette comme prévu, une certitude que la potesse risque l'attaque de spasme. Subséquemment, je vous livre le plan virtuose concocté par mézigue : rentrée en cambuse de Jas, couchage de mascarade, sortie subreptice une fois la cantonade en abattis de Morphée (à l'aide de la clef fournie par Miss Frangette), entrevue *mit* le Transalpin et rapatriement de bibi chez Jas par icelui, pile à durée pour simuler la fille se réveillant postérieurement à la bonne nuitée de sommeil.

Ne me reste qu'à convaincre Maxi-Culottée de l'excellence du projet.

Si ça se trouve, je pourrais lui filer un pain de chouette pesante sur caboche et m'esquiver telle la Nez-Percé.

23 h 45 Trop exquis ! Super-Canon fredonne le couple de ritournelles finales du concert de concert *mit* les Stiff Dylans. Le Top Gang en totalité gigue à gorge déployée. Nonobstant avec un max de sophistication croisée machin-chose. La double rasade au rayon barde est *le extra* et dégage un fort taux de crousti-fondant. Je me demande *warum* on ne pourrait constituer le ménage à trois, par le fait. Tout un chacun s'y adonne bien en *le bel France*.

Minuit Reprise de vestiaire et arrivée véloce *und* concomitante de Super-Canon *mit* ces mots :

– Ça gaze, les filles ?

Puis à mézigue avec risette en bandoulière :

– Je n'ai pas eu l'occasion de te parler, Georgia. Je te raccompagne chez toi ?

Nom d'un oryx sur la pente savonneuse, le gus a le globe oculaire à choir, azur obscur, style azur des mers du Nord tel le… Temporisez une seconde ! J'ai la lippe pulpant sans autorisation ! Cessez, cessez !

Bibi :

– Ben, je sommeille chez Jas, nonobstant…

Quand, *mit* un à-propos plus nul que la nullité, même pour sézigue, le monstre de la lagune, autrement dégoisé Lindsay la Nouillasse, ramène sa groseille baveuse. L'effrontée, qui fait total l'impasse sur mézigue, saisit Super-Canon par l'abattis et lui baragouine ceci :

– Et ce verre que tu m'as promis ?

Le fiancé des wombats me décoche l'œillade et je la lui retourne aussi mouillé. Le moment est *le idéal* pour lui dire : « Faut que je te blablate. » Je confirme, *le idéal.* Le bémol, c'est que la quidam en connaissance de ce qu'il convient de faire n'est pas mézigue.

La Nouillasse à bibi, en remorquant Super-Canon vers la sortie :

– Salut ! Ne rentre pas trop tard !

J'en reste coite.

Super-Canon en retournement vers ma personne :

– Une autre fois, peut-être, Georgia ?

L'effrontée lui emboîte la foulée au chapitre retournement et me balance le zieutage qui homicide. La fille est ni plus ni moins que dromadaire.

Cinq minutes après Mézigue, l'arpion coincé sur la pédale débinage de la Nouillasse :

– La fille est ni plus ni moins que dromadaire spumescent à cigare de pieuvre ! Elle contraint Super-Canon au verre. Il me faisait : « Je te raccompagne chez toi ? » et elle rapplique telle la fiancée de la méduse, en mode rôdeur *und* baveux.

Roro :

– Il n'y a qu'à la boulotter, c'est l'unique solution.

Le Top Gang se dégobille vers la sortie quand Scooterino, en rangement de matos, vocifère ceci à mon intention :

– *Ciao*, Georgia, à tout de suite !

L'essaim de filles qui erre alentour tourne le bobineau vers ma personne et me décoche l'œillade sanglante. Une supposition que je sois baigneur vaudou, une certitude que je serais plus lardée que la pelote d'épingles.

Je balance le signe de paluche au Transalpin en réponse et en décontracture. Oooooooooh, j'ignore quoi cogiter.

Ellen en mode n'importe quoi à plein régime :

– Euh, qu'est-ce que, pourquoi a-t-il… Je veux dire, qu'entend-il au juste par « à tout de suite » ?

Bibi :

– J'ai visite de sa cambuse pas plus tard que tout à l'heure.

Rosie :

– Je te croyais sommeillant chez Jas ?

– Ben, en principe. Toutefois, je compte opérer la sortie subreptice en vue de retrouver Scooterino en bout de venelle.

Jools :

– Nom d'un béluga assoiffé de pouvoir !

Mézigue :

– Tu l'as dit. Bécothon mozzarella pour ma poire. Je vous mettrai en connaissance en cas de nouveauté sur le front lingual.

Mabs :

– Comment Jas a réussi à convaincre ses vioques ? Si je tente la sortie, les miens bigophonent illico à la maréchaussée.

Moi-même :

– Ben, les siens s'en contretamponnent.

Zieutage général des potesses.

Roro :

– Tu n'as encore couic dit à Jas, me goure-je ?

– Ben, pas assurément.

– Je te fiche mon biffeton qu'elle va choper le spasme de nerfs grandeur nature *mit* concevable escale à crise de force soixante-treize.

Notre Seigneur, que la vie est amphigourique. Comme je le fais judicieusement remarquer à Rosie :

– Voilà ce qu'il advient quand on suscite l'amuuuuuuur en *le grand quantité*.

– Qui ça ?

– Mézigue.

La potesse me décoche le double soufflet de joue comme à son us *mit* ce commentaire :

– Ne sois pas démente.

En rentrée de conserve avec le Top Gang

J'extorque des potesses le serment de silence sur mon entrevue noctambule avec le Sublimo avant que Jasounette et son Craquos nous emboîtent la foulée pour le retour en cambuse.

Quatre minutes après Pas impossible que je sois d'humeur allègre. Car un Sublimo vaut mieux que deux tu en changeras. Or, par le fait j'ai rencard avec un Sublimo, même si j'ai du change au chapitre Super-Canon… Bref, vous me suivez.

Je dégoiserais même plus que je suis d'humeur à concourir aux divagations grotesques de Radio Jas. La fille déambule en totale collure avec Tom. Les soupirants font la halte incessante pour cause de distribution de bécots nains. Il ne s'agit en aucun cas du bécot à bride abattue, l'affaire relève plutôt du poutou. Chou, sans s'esbaudir. À condition d'aimer.

Sur ces entre-fêtes, le tintamarre se fait esgourder et Sven déboule sur zone en vélocipède de bambin.

– Salut, les filles ! Twist et rock ! ! ! ! ! !

Après quoi, le digne représentant du Pays-du-Renne-Glacé exécute la roue arrière qui le conduit à l'embrassade prompte de végétal. Délaissant l'engin en venelle, le géant harponne Roro et la catapulte sur ses épaules, permettant à tout un chacun de profiter de la vision étendue de son couvre-fesses (celui de Rosie, pas le sien).

Sven :

– Je suis le gus sauvage et dément ! ! ! !

Nul ne le contredégoisera sur ce point.

Roro sens dessus dessous :

– Salut, la cantonade ! Sven et mézigue nous trissons en séance bécot.

Aussitôt dit, aussitôt trissé en mode gussette sac à échine et en direction du parc.

Ellen, Jools, Mabs et Honor sont raccompagnées par le biais du géniteur de Mabs, que la potesse a obligé au garage d'auto à deux venelles de la boîte, en vue de ne pas être vu. Obligation assortie de la précaution supplémentaire, Mabs exige en sus de son vioque qu'il bouquine le journal afin de demeurer dissimulé aux mirettes de ses potesses. Quand je cogite qu'on dit de l'ado qu'elle manque d'initiative et ainsi de suite, alors qu'elle passe son temps à essayer de trouver des soluces. Une activité *sehr sehr* exténuante.

Après une tournée générale de « à plus » au Top Gang, Jasounette, son Craquos et mézigue continuons notre chemin vers la résidence de l'enfrangée.

Tom :

– Super, le concert ! Il est sympa, Massimo. Tu ne trouves pas, Gee ?

Faire preuve de la totale honnêteté à l'envers de Craquos, alors que le gus crèche à la station frère de Super-Canon, me plonge en bizarrerie. Par voie de conséquence, je profère le grommellement inécoutable.

Jas en zieutage de mézigue bourré de sous-esgourdés :

– Alors, Gee, tu le trouves sympa oui ou flûte ?

Je fais l'impasse sur la réponse. La copine procède subséquemment à l'ouverture en grand de ses vasistas, conjuguée haussement de pilosité sourcilière. Je lui retourne le haussement.

La joute sourcilière aurait duré toute la nuitée, mais Craquos dit ceci :

– Tu l'as eue, cette converse avec mon frangin ?

Bibi :

– Ben, euh, pas véritablement. Il a décanillé avec la Nouillasse.

Tom :

– Je ne dirais pas ça. Elle l'a plus ou moins obligé à aller boire un verre. Ce n'est pas comme s'il l'avait invitée.

Il est temps de prendre le gnou par les pattes arrière *und* de lui imprimer le mouvement rotatif aérien *und* de lui poser le petit bibi sur caboche, *und*... tais-toi, cerveau. Tout ça pour dégoiser que je me lance en demande d'avis de Craquos sur l'affaire Super-Canon :

– Au fait, Tom, Robbie t'a transmis son avis sur ma personne ?

Craquos en dandinement d'un nougat sur l'autre :

– Ben, il a toujours dit qu'il t'aimait bien et qu'il regrettait que ça n'ait pas marché entre vous... Il pense que c'était grosso modo dû au fait qu'il te trouvait un peu... jeune pour lui.

Jas :

– Gee est trop jeune pour lui. Par le fait, elle est trop jeune pour quiconque.

Moi *mit* balancement d'œillade :

– Trop *le merci*, meilleure potesse.

Nonobstant, la fille affiche l'humeur sage femme de la forêt. Si j'étais sézigue, je me munirais de la canne et me ferais pousser la pilosité faciale.

Jasounette en mode délire :

– Je suis seulement réaliste, Gee. Tu n'es pas sérieuse. Tu fais preuve de la frivolité, tu apprécies le « tout schuss sur le disco du popo de pif » et ainsi de suite. Tu n'es pas prête à la relation posée, tu veux juste donner libre cours à ton rosissement popotal. C'est le fait.

J'ignore total quoi répondre. Si ça se trouve Miss Frangette a tapé dans le cent et je suis la personne contrefaçonnée *und* évidée qui finira seulabre en cave. À moins que je fasse l'acquisition de l'échoppe de velours côtelé en copropriété avec la Mère Wilson.

Je sens l'infortune me gagner.

Pas autant que pas plus tard que tout de suite où je fais le nougat de grue en vicinalité de garage, façon championne de tenue de chandelle, en attendant que Jasounette et son Craquos aient fini de se bécoter *le bon nuit*. Telle que vous me zieutez, je suis interdite d'intrusion en cambuse pour cause de potesse en intimation de rentrée conjointe. Je passerais bien outre l'injonction, toutefois je ne lui ai toujours pas expectoré le morceau concernant mon bécothon matineux. Je tente l'abstraction du couple, mais l'ouïs cependant se lécher l'abricot. Succions *und* souffle *und* frou-fou à volonté. J'ai l'impression d'avoir viré immorale. Je suis ni plus ni moins que l'équivalent femelle d'Elvis Attwood ! Nom d'une belette pygmée en cumul de mandats.

Des suspensions après

Jasounette opère finalement le détachement de son Craquos et, après trois siècles de « Ben, au revoir », suivis de retours véloces vers sézigue en vue d'un dernier poutou, je réussis à lui faire passer la lourde.

En cambuse de Jas

La Mutti de la potesse est en cuisine et en vêture nocturne (raisonnable). Nulle insinuation de nunga-nunga farceur comme ce serait le cas chez bibi.

La Mutti de Jas :

– Vous avez passé une bonne soirée, les filles ? Je vous ai laissé de quoi vous restaurer. Vous devez avoir une faim de loup. Je vais me coucher. Je vous ai préparé un bon petit lit. Bonne nuit.

Sur ces moches paroles, la femme se trisse. Ahurissant.

Pas de cent soixante-treizième degré. Ni de : « Avec qui tu as dansé ? Tu as embrassé un garçon ? » paraphé Mutti ou de : « Tu prends cette maison pour un hôtel ou quoi ? » paraphé Vati. Uniquement de la denrée alimentaire *und* du bonne nuit. Proprement, proprement ahurissant.

En étage

L'enfrangée est en salle de bains depuis trois siècles. Que manufacture-t-elle au juste ?

Mézigue à travers la lourde :

– Jasounette, que manufactures-tu au juste ?

– Je me passe ma crème hydratante nocturne.

Notre Seigneur. À l'heure de tout de suite, elle a dû en user une citerne.

En paddock

Vêtue de nougat en cap.

Jas :

– Gee, je te ferai remarquer que tu es habillée.

– Je suis en connaissance, je suis au bord de la sortie.

– *De quoi ?*

– *Le positif*, je te l'ai déjà dit. Scooterino vient me quérir à une heure et, étant octroyé qu'il doit détaler pour l'aérodrome sur les pains de trois heures, je serai revenue aux alentours de.

– Je te ferai remarquer que tu ne m'en as jamais blablaté, mais aucune importance puisque tu n'iras pas. C'est le fait.

– Jasounette.

– Et de toutes les manières, que fais-tu de Super-Canon ? Que lui as-tu devisé ? Que va-t-il en cogiter ? De toutes les façons, il n'en cogitera couic, puisque tu ne te dégobilleras pas à ce rencard.

– Jasounette.

– *Le négatif*. Une supposition que tu te fasses prendre, une certitude que je reste consignée en cambuse la décade qui vient.

– Je te suis, Jasounette, mais je ne me ferai pas choper. Je compte quitter la cambuse à l'Apache *mit* ta clef perso, me vomir en bout de venelle à l'Arawak, retrouver mon Sublimo plus crousti-moelleux que la moelle, le bécoter, blablater, le bécoter, blablater, voire m'adonner à la chouinade muette au moment de l'arrivée-d'air-chaud. Nonobstant, pas question d'ouvrir le robinet en grand, dans le dessein de préserver ma tartine de mirette. Sans calculer que je suis de revision de Scooterino pas plus tard que bientôt à l'occasion de ma villégiature à Rome…

La copine est victime d'une crise hybridée renaud non répertoriée à son catalogue perso pourtant garni.

– Du toi tout craché. Celle qui va se fader les tracasseries, c'est mézigue. Et puis, tu n'es sûrement pas fichue de te déplacer à l'Apache. Tu te casseras la binette sur un trucmuche et réveilleras la cantonade. Et une supposition que tu retrouves la cambuse, une certitude que tu te trompes de chambre ou quelque chose.

Je lui décoche l'accolade.

– Tu n'es donc pas en volonté de me voir allègre, Jasounette ?

– *Le négatif.*

Chou, qu'en cogitez-vous ?

Bibi :

– Esgourde, Jas, je vais te faire une démo d'Apache. Je tente l'intrusion en cuisine en mode susmentionné et tu me diras si tu m'entends.

0 h 40 Je n'en crois pas mes ratiches. La copine me fait toute une fenaison à propos d'une supposée nuisance sonore signée bibi, et je termine à peine ma démo qu'elle est tombée en abattis de Morphée ! ! ! !

Sa cambuse et la mienne affichent la similitude sur un point : ses Mutti et Vati ronflent tels les gorets. Une excellente *news*, dans la mesure où elle atteste de leur somme.

0 h 50 Je m'égare en conjectures sur la nature de la sensation que me délivrera la compagnie de Scooterino, pendant la paire d'heures. Toute seulabre *mit* sézigue. À moins que Dom, en cocambuse avec le Transalpin, ne soit en pénates. Auquel cas, le temps nous manquerait pour le Bécothon. *Sacré bleu !*

En salle de bains

Vérif générale satisfaisante. Je m'interroge sur le bien-fondé de la pose de gloss au regard d'un possible passage en mode bécot ou si, faisant confiance à l'enduit d'étanchéité, je la joue rouge à lippes à fond.

Ohhhhhhhh, je l'ignore total.

0h55 L'heure de fourbir mes abattis et d'afficher la pulpitude.

Descente en cuisine en mode Pawnee. Lourde ouverte précédemment en vue de ne produire nulle sonorité. Nougat en jardin arrière. La scintillante scintille en ciel, *mit* zieutage bienveillant sur ma personne, telle la… trucmuche scintillante.

Je suis en connaissance de l'avoir taxée de nullité par le passé, pour cause de loupiote clignotante de poche à caractère lamentable, toutefois je me rends calcul de sa jovialité cette nuitée. C'est dégoiser la teneur en philanthropie de mon humeur. *Sehr sehr* épaisse.

1h05 Séant posé sur muret en bout de venelle de Jasounette. Brrr, il fait frisquet de la nouille pour une mi-temps estivale. Et un rien silencieux *und* chocottogène.

Si ça se trouve, Scooterino ne se pointera pas. Il est en train de blablater de mézigue *mit* ses poteaux Stiff Dylans, qui lui font comme ça : « Tu es dingue, mec ? » Ou alors son ex-gussette de compagnie lui a passé le coup de grelot et ils ont décidé de remettre le couvert, ou…

Sur ces entre-fêtes, j'esgourde son motocycle.

Levée de ma personne. Puis repose de séant aussi mouillé. Quelle est l'attitude idoine de la personne dégageant la nonchalance ? Levée ou assise en totale décontracture ? Je regrette de ne pas m'adonner à la fumée de cibiche, j'aurais le trucmuche à tenir en mimine. Nonobstant, *mit* la chance qui me caractérise, je me serais embrasé la caboche. Trouvé ! Fouille en sac à paluche et retroussement de mirettes à son arrivée.

Aussitôt dégoisé, aussitôt fouillé au son du motocycle en rapprochement.

Le Sublimo est rendu ! Je hausse le globe oculaire et le découvre sis sur son engin, en retirement de casque et secousse de perruque. Nom d'un cachalot macrocéphale réduit aux acquêts, conjugué guibole de poulpe ! Le gus est ni plus ni moins que hardiment attractif. *Und* il s'est déplacé pour bibi. C'est la fois unique, mais je suis *le trop allègre* d'être mézigue. Et par le fait, d'être dotée du bol. Ma personne est en total amuuuuuuuuuuuur du monde. *Le positif*, même de Jasounette. De la planète entière. Exception faite de la Nouillasse.

Scooterino *mit* la risette :

– *Ciao, cara.*

Et il me décoche le bécot soufflé, suivi d'une prise de casque de rechange et d'un tapotement de selle derrière sézigue.

– Viens, roulons.

J'ai comme l'impression d'être en film. Le gus pousse la capsule jusqu'à m'enfiler le casque et joint le serrement de lanière submentonnale au bécot de lippe. Je manque choir.

Scooterino :

– Toi bien ? Accroche à moi.

Je pose les mimines sur sa taille. Nom d'un phoque moine de la Méditerranée sous-évalué, tâter sézigue me file la châtaigne de première électricité. « Redis-le moelleux », comme dirait le personnage de série chère aux gus, style bourrée de quidams originaires de la planète étrangère, à caboche de chou-fleur (le quidam, pas la planète). Quelqu'un peut m'expliquer *warum* la gent masculine apprécie le trucmuche à l'aspect étrange, style Hobbits, elfes *und* ainsi de suite ?

Je l'ignore et m'en bats la mirette avec une patte d'hapalémur pour cause de Sublimo en paluches non choufleuriforme. Et en pincement pour ma personne ! ! ! *Yesssssssssssssssss ! ! !* J'ai la rengaine en battant qui ne se prénomme pas « Non, je ne regrette couic ».

Roulement en venelles sombres. La sensation est *le mirifique*. La pincée de quidams arpente encore la cité, la ritournelle *und* gigue à la boutonnière. Arrêt du motocycle au brasero de signalisation. Scooterino profite de la halte pour me passer le mot :

– J'ai pensé qu'on pourrait aller chez moi. Je te ferai un café italien… et d'autres trucs italiens.

Nom d'un grand koudou en fin de carrière ! À cette micheline-là, je vais avoir la descente de scooter empêchée par la guibole de poulpe.

1h30 Le Transalpin a l'appartement chou et le partage *mit* Dom *und* poteau de. L'habitation affiche la propreté de bon aloi et ne croule pas sous le mont de dessous, en opposition à la chambre de mes vioques. Je me demande quel style de bonneterie affectionne Scooterino. La sorte mozzarella, à tous les pains. Si ça se trouve, il a le couvre-fesses musical fredonnant *Arrivederci Roma* ou plus sûrement *Nessun Dorma. Le négatif, le négatif,* le Sublimo ne porterait jamais le sous-vêtement babiole… Quelqu'un peut m'expliquer comment j'ai fait mon compte pour me retrouver en contrée sous-vêtementesque ?

Scooterino me confectionne le caoua par le biais de la machine congruente et l'accompagne du biscuit à l'arôme d'amande. Je me sens plus continentale que le continent.

Caoua siroté au gré de la terminaison de malle du Transalpin. Je signale en passant que le gus se défend comme la divinité au rayon liquette sympathique. Une fois le bagage clos, il me décoche le zieutage *mit* cette question :

– Alors, Miss Georgia, Robbie est au courant pour nous ?

Je lui darde l'œillade.

– Ben, il… je…

Le Transalpin me prenant en abattis :

– Peut-être, moi t'aider, *cara*…

2 h 30 Nom d'un rat kangourou d'Ord à taux constant, je me sens telle l'apidée ensommeillée. Je le décrète tout de go, le Transalpin est à trois didis d'enfiler la couronne de roi du bécot. Il me décoche le susdit façon lambine un bon demi-siècle. Prestation qui pulvérise le numéro quatre (bécot de plus de trois minutes sans interruption) haut la mimine, pour faire une entrée triomphale en numéro quatre puissance quatre (bécot de plus d'un quart d'heure mini).

Par ailleurs, le gus blablate et trucmuche. Pas en séance bécot salement dite, sinon je n'esgourderais de sa converse que : « Nnnnnmmppphhhmphhh. » Je parle ici des interruptions bécotales, quand il met finition au bécot *und* me zieute dans les mirettes *und* me caresse la perruque, et me sort des trucs style : « *Bellissima* » et ainsi de suite.

Je suis également l'heureuse récipiendaire d'un passage de paluche migrant du bas de cou à destination de la zone lippale, le tout agrémenté d'une introduction de bout de didi en appendice buccal ! Diantre ! La sensation avoisine la sublimitude. À ce qu'il paraît, la fille serait dotée du nerf de sensation en quantité supérieure de deux cent mille millions à celle du gus. Résultat des courses, la fille est ni plus ni moins qu'une usine à contentement. Prune sur le macaron, Scooterino est sur la même largeur d'ondes que bibi au chapitre appréciation.

2 h 50 Le Transalpin *mit* zieutage à sa toquante :

– Ciel, mon avion ! Moi pas envie de te quitter, Georgia. J'aimerais rester toute la nuit avec toi. Tu me plais beaucoup. Dis-moi que tu viendras me visiter ? Je n'ai pas envie d'attendre un mois pour voir toi. Tu essaieras ?

Je tente la reprise de contrôle de ma lippe. Elle a comme qui dirait quatorzuplé de volume. Scooterino passe en phase vérif de sauf-conduit *und* ticket en idiome mozzarella. Trop crousti, la sonorité. Le fait que le gus profère sans nul doute des « Fichtre, où est passée ma culotte ? » compte pour de la margarine, dans la mesure où il s'exprime en idiome de l'amuuuuuuuuuuuur.

Pas simplement en sabir lamentable tropical, tel le germain. L'euphonie eût été le bien différente en langue kneudel. « Je penze *du bist ein fraulein* chou. *Du bist wunderbar*, tel le *spangleferkel* géant. *Ich* veux te bécoter ! Oh, *ja*, oh *ja ! ! !* »

Pendant que mon cervelet se trisse en vacances à Givre-City, Scooterino rassemble ses affaires *und* prend son blazer. En enfilement de, il s'empare soudain de mézigue et me propulse contre sa personne. Je le déclare sans ambages, le gus dégage la senteur enchanteresse, panachage odoriférant de sézigue conjugué sent-bon. Et me décoche le bécot de forte intensité hybridée longévité, suivi d'une prise de caboche en mimines, elle-même pourchassée par un zieutage en mirettes, accompagné de la déclaration sous-mentionnée :

– On se plaît tous les deux. Ça va être génial, Miss Georgia.

Retentissement de sonnerie de lourde annonçant l'arrivée du tacot et engouffrement de nozigue à l'intérieur du, avec reprise de séance bécot. En moins de temps qu'il ne faut pour le dégoiser, on est dégobillés en ruelle de Jasounette. Obligée de descendre du et de m'arracher aux abattis du Transalpin. Noooooooooon. Pas impossible que je sois en pincement de sézigue aggravé.

Scooterino me délivrant le énième bécot *mit* tristessitude certifiée :

– Tu vas me manquer.

Je pose le nougat sur sol en état d'abasourdissement et lui octroie une agitation de mimine en départ de tacot.

Sur ces entre-fêtes, je me rends calcul que je suis en chouinade ! Garantie véritable, pas de mascarade. J'ai le battant mou *und* garni *und* éploré. Je suis en impression de songe et garde sensation de son bécot sur lippe.

Jamais je ne pourrai rejoindre les abattis de Morphée cette nuitée. De toutes les manières, je ne suis pas en souhait. Je veux garder souvenance de cette entrevue le reliquat de mon existence.

Contournement de cambuse. La soirée transpire la beautitude, *mit* firmament plus noir que la réglisse *und* chouette en hululement lointain. D'us, le cri du volatile m'aurait irritée, mais le jour d'hui, *le négatif*. Je cogiterais plutôt : « *Le bon nuit*, monsieur Chouette. J'espère que tu as la chouette de compagnie… à moins que tu ne sois Mme Chouette. Dans ce cas, j'espère que tu as un M. Chouette en cambuse. Mais, une supposition que tu en sois dépourvue, une certitude que tu pourrais rejoindre Jas en paddock. Si tu n'as rien contre la chouette empaillée, la chose pourrait être CHOUETTE ! »

Le positif, c'est officiel, je narre la blague à la chouette. À tous les ramponneaux, je suis en pincement aggravé.

Intrusion en cuisine à la Navajo *und* montée d'escalier de cambuse plongée en quiétude *und* faufilement en chambre de Jasounette. La potesse sommeille, les abattis passés autour de chouette des neiges. Hmmmmmmmm. Vivons et laissons vivre, dégoise-je.

Retirage de vêture et accommodement confo parmi mes commères chouettes.

BLA, BLA, BILLEVESÉE, BILLEVESÉE, FARIBOLE, FARIBOLE, CALEMBREDAINE !

Dimanche 24 juillet

Réveil sur les fessées de 9 h 30, autant dégoiser l'aube. Jasounette roupille *mit* conviction. J'égare fugacement souvenance de mon implantation géographique, mais soudain le récent vécu me revient en pleine cerise.

Ooooooooooooh Scooterino. Le Transalpin me manque précocement. À l'heure de tout de suite, il est sûrement vomi à Rome. Je me demande s'il cogite à mézigue.

Pour cause d'amuuuuuuuur immodéré à l'envers de la planète, il est envisageable que je descende requérir une petite tasse de thé de la Mutti de Jas à destination de ma potesse enfrangée *und* de ma pomme.

Arrivée en rez-de-rue. Nul quidam alentour. Mais mot posé en cuisine :

Jas, ma chérie,

On est sortis se promener. Il se peut qu'on reste dehors toute la journée, car on a pris de quoi manger. Il y a des œufs et tout ce qu'il faut pour le petit dej. Et j'ai pensé que vous auriez peut-être envie d'une pizza avec Georgia, alors je vous ai laissé de l'argent. Bonne journée.

Bises,

Maman

Ouaouh. C'est ce que j'appelle du dressage non interventionniste. Fourniture de denrées alimentaires *und* trissage en bonne et due forme. *Le génial.*

Confection de thé, suivie d'ébouillantement d'œuf à l'intention de Jasounette, vu son raffolement pour le coco, puis agencement de petit dej sur plateau, remontée en chambre, pose de plateau sur table de chevet et bouquet final en forme de poutou de minichouette en peluche sur joue. La potesse fait le bond de carpe, l'humeur en berne et la frange hérissée de biais tel le hérisson électrocuté.

– Qu'est-ce que tu as fabriqué ? Tu t'es fait prendre en rentrant ?

Je mets la potesse au jus que ses Mutti et Vati sont de rando et j'ajoute ceci :

– Ça te dégoiserait de savoir ce qu'il advint de mézigue et de mon nouveau gus de compagnie, le Sublimo ?

– *Le négatif.*

Nonobstant, je sais qu'elle en décède d'envie.

En chambre

16 h 00 Subséquemment voilà. La *news* est officielle (Radio Jas ayant été alertée) : Scooterino est mon nouveau gus de compagnie ! Je me suis dégobillée chez la marchande d'éclairs fourrés à l'amuuuuuuuuur, j'ai tergiversé un chouia, puis je me suis finalement décidée pour le macaron mozzarella.

Le combien d'heures se fait-ce depuis mon dernier bécot à sézigue ? Je souffre déjà de carence bécotale, c'est le fait.

Coup de grelot à Rosie.

– Roro, ton Sven t'a-t-il octroyé le passage de paluche migrant du bas de cou ?

– Seulement en mitaines de jardin. *Warum ?*

– Scooterino m'en a régalée hier soir. Régalade de premier régal. Par ailleurs, on a tâté du numéro quatre, mais version puissance quatre.

Sur ces entre-fêtes, mon Vati opère la sortie inopinée de salon *mit* ci-devant interrogation :

– C'est quoi, le numéro quatre ?

Mon géniteur s'est introduit dans mon espace bécotal par le truchement de l'inadvertance ! Beurk. Je lui décoche le zieutage.

– Je te ferai dire que je suis en conversation privée.

17 h 30 Arrivée de Chauve Ier. Retour *fissa* en chambre en vue d'éviter la blague tontonne.

Je ferais mieux de fournir l'effort dans le dessein de détourner mes cogitations de Scooterino. Adonnons-nous à l'activité prenante.

18 h 30 Obligation de première injonction de faire l'acquisition du retourne-cils. Toute une quidam en fait l'usage dans *Cosmo*.

19 h 00 Sonnerie de lourde d'entrée.

Les potesses d'aérobic de Mutti ! Je m'interroge sur le *warum* de leur survenue. D'us, elles ne se déplacent qu'en cas de pompier sur zone.

19 h 30 Notre Seigneur, faites que le tricentenaire ne passe pas du *Abba*.

20 h 00 Ma sœurette fredonne de concert *mit Dancing Couine.*

20 h 30 Que manufacture au juste la cantonade en rez-de-rue ? Tout ce que je capte est de l'hilaritude de grande envergure signée Mutti *und* Libby. Sans omettre de la ritournelle de mauvaise qualité, ponctuée de temps à autre d'un bruit sous-esgourdant qu'un individu a chu.

21 h 30 Les choses ne cheminent pas vers le mieux, je dégoiserais même plus qu'elles se dégradent. Je n'ai jamais ouï pareille marrade hybridée glapissement aigu. Que fricotent-ils ?

21 h 40 La bassine est pleine ! Les vioques passent la ritournelle de *Full Monty*, dont j'ai oublié le blaze. Celle-là même qui illustre la scène où les gus retirent leur vêture et giguent en plus simple pas pareil. J'ai retrouvé souvenance du titre : *Tu peux garder ton couvre-chef*. Les potesses de Mutti conspuent et vocifèrent des « Enlève-le ! ! ! » en veux-tu, en voilà. Je me vois dans l'obligation de leur intimer quiétude.

21 h 45 Intrusion de mézigue en salon et découverte d'oncle Eddie en agitation de popotin au son de la ritournelle. En couvre-fesses !

Minuit À cette micheline-là, je vais être contrainte à la consultation de toubib du cervelet. Je vous le donne en seize, oncle Eddie va interpréter le strip-teaseur. Honnêtement. Que je vous explique. En vue d'animer la soirée d'anniversaire ou de funérailles de vie de jeune donzelle, tout un chacun peut commander l'effeuilleur en catégorie diverse, fantassin du brasero, représentant de la force publique, James Bond d'imitation et ainsi de suite. Or, il se trouve que le déplumé est denrée recherchée, je n'ose songer au public friand de la tonsure. Par voie de conséquence Tête d'Œuf s'y colle.

La grande personne fait comme qui dégoiserait la fixctte sur la gaudriole.

Minuit trente-cinq Libby a été en vision du gus dégarni en couvre-fesses. La gosse risque la chocotte à vie, doublée de la phobie de l'œuf dur.

Le signe s'accumule. Coloration de perruque, falzar en cuir, pavanation de demeuré, Vati traverse la crise de mi-temps de la vie. Bien que, à mon avis perso, il en ait déjà grillé les trois quarts.

Minuit quarante Imaginons que Vati ne soit plus fiable à la fonction père de famille adapté, une certitude que bibi se verrait contrainte de prendre le relais au rayon responsabilité.

Minuit quarante-cinq Ce qui ne veut pas dégoiser que je développerai la pilosité faciale de petit volume.

Lundi 25 juillet

Matines Rédaction d'un « Recueil de règles du Vati » et glissade du susdit sous lourde de chambre des vioques. Je vous en livre le contenu :

Règles du Vati

* Faire l'impasse sur la réclamation d'identité des rencards de bibi.

* En occurrence de délivrance d'autorisation de m'accompagner quelque part en « auto », faire total l'impasse sur la descente de carreau de ladite dans le dessein de me vociférer une quelconque parole. Une supposition que je fasse celle qui ne t'a pas esgourdé, une certitude que mes potesses t'ouïraient.

* Faire l'impasse sur le don de pépettes devant quidam.

* Faire l'impasse sur l'intrusion en chambre sans permission (qui ne te sera jamais octroyée).

* Faire l'impasse sur le bécot en présence de Libby *und* mes potesses *und* quiconque *und* bibi. Mieux encore, faire total l'impasse sur le bécot. À ton âge, le besoin est éteint.

* Porter le fute idoine père de famille.

* Interdire l'entrée de la cambuse à oncle Eddie ainsi qu'au déplumé en général. La vision de Tête d'Œuf en couvre-fesses de pantalonnade me poursuivra jusqu'à ma dalle funéraire.

Le merci.
Georgia

8 h 10 Prise de poudre d'Espelette avant que la parenté ne bouge un didi. J'esgourde de la jérémiade en *le grand quantité* et en provenance de la chambre de mes géniteurs. Ça leur fait les nougats. Comme blablateraient Romulus, Remus ou Ethelred le Malavisé, antique roi des Grands-Brittons (en foncé, un gus qui en a dans le carafon) : « On ne peut pas avoir la poilade et l'argent de la margarine. » Le tricentenaire ferait bien d'apprendre à dédaigner le *vino tinto* *und* garder le falzar.

10 h 30 C'est la Mère Wilson qui s'y colle, étant octroyé qu'Œil-de-Lynx est de sortie, officiellement pour suivre la formation, mais nulle quidam n'est dupe. La nazie en chef est en traque de fille à torturer. Par voie de conséquence, l'orientation pro qui d'us est plus barbante que la barbe déploie ce jour l'occurrence multiple de marrade.

Roro ouvre les hostilités par l'interrogation suivante :

– Dites, mademoiselle Wilson, quelle est l'opportunité de boulot farci à la décontracture pour la fiancée viking ? J'ai l'intérêt massif pour le renne *und* la cuve.

L'experte en couic :

– Rosie, tâchez d'être sérieuse.

La potesse en perplexité :

– Ben, je le suis.

La tristessitude de la chose est que Roro dégoise la vérité.

Ellen éclaire toute une chacune sur son souhait de faire soignante. Première *news* ! Je vous fiche mon biffeton que jamais au vaste jamais je ne fréquenterai l'hôpital recrutant Ellen. En situation d'abattis dessoudé, le besoin ne se fait pas sentir d'avoir la potesse blablatant ceci : « Euh, ben, c'est votre abattis gauche ou euh, est-ce que ou quelque chose, ou c'est l'autre ? »

Dix minutes après Pour une quidam qui a montré le film abeillophile, la Mère Wilson n'y connaît couic en formation menant à gardienne d'abeilles *und* choriste.

16 h 20 En cheminement de retour en cambuse *mit* Jools et Rosie, j'avise les choupettes venir à mézigue, pleines de l'entrain et de la joue rosie.

– Euh, mademoiselle, le concert était genversant, non ? C'est le chanteur qui vous plaît ? Il est…

Bibi :

– Genversant ?

Les deux mouflettes telles les minigivrées en gémellité :

– Ouiiiiiiiiiiiiiii !

Choupette numéro un, tournant betterave sur pattes :

– Vous savez quoi ? C'est Dave la Marrade le plus craquant. Il n'est pas pop star ni rien, mais je le trouve charmant.

Choupette numéro deux :

– On l'aime.

Sur ce, les chérubines se trissent plus vite que la bise.

Nom d'un rorqual commun en pole position. La Marrade développe le fan-club.

Thé en Q.G. de la givritude

Mon Grand-Vati et sa Maisie nous honorent de leur présence. Conséquemment, je suis interdite de montée en chambre et obligée de rester au salon esgourder des heures de démencitude.

Grand-Vati :

– J'ai quelque chose à vous annoncer. Maisie vient de faire de moi l'homme le plus heureux.

Je suis à seize didis de blablater : « *Warum*, elle te paye un tour du monde du tricoté mimine ? » Mais je m'abstiens.

Grand-Vati en saisissement de paluche de Maisie

(pas aisé, dans la mesure où la fiancée porte la mitaine multicolorée. Soit dégoisé en passant, on est en juillet) :

– Elle a accepté de m'épouser.

En cuisine

22 h 00 Le quadricentenaire est rentré dans ses pénates.

Mutti en fabrication de caoua :

– Ça montre qu'il ne faut jamais désespérer de l'amour. Il se manifeste au moment où on s'y attend le moins.

Moi-même :

– Mutti, c'est désolant *und* baroque.

– Et moi, je trouve ça adorable et romantique.

– Tu changeras d'avis quand il te faudra revêtir la combi tricotée mimine aux épousailles.

La mère de famille toujours égarée en Givritude-Ancestrale-Land :

– L'âge n'est pas tout. Ton grand-père prétend qu'elle a un corps ravissant sous ses couches de laine.

Beurk à la puissance beurk !

De toutes les manières, qui se chaut des vioques tricotés paluche ? Le moment est-il idoine pour requérir l'autorisation de me rendre au Pays-de-la-Mozzarella-et-Tomates-à-la ? J'affiche le symptôme du manque de Sublimo en surnombre. Par le fait, j'ai rêvé de sézigue cette nuitée, un songe ni plus ni moins qu'alarmant. Le gus me faisait le coup du passage de mimine migrant du bas de cou quand ledit s'est mis à s'étirer telle la glaise. En similitude avec la jarre confectionnée par le potier. Tout ça pour dire que ma caboche finissait par choir.

Je mettrais mon cigare au creuset que l'explication freudienne couve. En foncé, je ferais mieux d'éviter la perte de tête. D'autant qu'en songe, la susmentionnée roulait dans le recoin et passait ballon entre les pattounes d'Angus qui shootait dedans joyeusement.

Où en étais-je ? Trouvé. Demander à la mère de famille quand je pourrai me vomir chez les Mozzarella.

– À ton avis perso, Mutti, quelle serait la semaine *ad hoc* pour me dégobiller à Rome ? Le trimestre se clôt la prochaine, après quoi je me fade le week-end grotesque de camping. Total, je pourrais mettre les voilages la fin de semaine suivante.

– Quelle est cette histoire de voyage en Italie ?

Bibi en hilaritude jouasse :

– Oooooooh, Mutti, quelle farceuse tu fais ! ! ! ! Tu es parfaitement en connaissance de ce que je veux dégoiser. À savoir que je me trisse visiter la famille de Scooterino tel que nous en convînmes.

– Convînmes ?

– *Le positif.*

– Où étais-je quand nous en convînmes ?

– Tu étais, euh, en vicinalité de mézigue, convenant.

– Georgia, a) Je n'ai pas convenu de quoi que ce soit. b) Rien de ce que tu diras ne m'en convaincra. Et c) Jamais.

Cinq minutes après Je HAIS ma famille. *Warum* faut-il qu'elle exige de ma personne que je réponde présente en toutes occurrences ? *Warum* n'est-elle pas fichue de se fabriquer de l'amusement perso ? Elle va voir ce qu'elle va voir. Une supposition qu'elle ne me file pas les pépettes pour aller visiter mon gus de compagnie au Pays-de-la-Mozzarella-et-Tomates-à-la, une certitude que je réunis les subsides mézigue-même. Je vous le dégoise comme je le cogite, je vais vendre un trucmuche.

Dix minutes après Inspection d'armoire. Combien pour mes bottes un chouia éculées ? En quel lieu dépose-t-on l'article à céder ? Je l'ignore. En magasin de charité ? En échoppe spéciale vente ?

De l'autre coude, j'affectionne la botte et, de toutes les façons, qu'enfilerais-je pour giguer chez les Mozzarella ?

Enfin et pas des moindres : je suis *sehr sehr* épuisée. On est en terminaison de trimestre. J'ai besogné telle la démente. Je ne dispose pas de l'énergie nécessaire à la déambulation de-ci *und* de-là en vue de gagner du numéraire.

Minuit Dégoisement refusé à Mutti et Vati tant qu'ils ne m'auront pas délivré le sauf-conduit pour la visite au Sublimo.

Mardi 26 juillet

Petit dej Sollicitation de la mère de famille au chapitre toast et réponse de mézigue en forme de silence. La disjonction maternelle n'est qu'une interrogation de secondes.

J'amorce une sortie de cambuse en quiétude, quand Mutti m'interpelle de la sorte :

– Si tu persistes à garder le silence, il ne me reste qu'à deviner ce que tu dirais. Finalement, c'est pratique, car je voudrais que tu gardes ta sœur ce soir. Et je devine que tu en as envie. Oui, oui. Parfait. Au revoir, ma chérie.

Fichtre ! ! ! ! ! ! ! ! !

14 h 00 Je n'en crois pas mes poignets d'être contrainte au désastre camping. En cours de germain, Herr Kamyer nous vante la potentialité multiple du couteau helvète. Potentialités que je qualifierais dans leur ensemble de nulle *und* lamentable.

Mézigue à Roro :

– À mon humble avis perso, si l'équidé se coince le caillou en sabot, c'est qu'il n'émarge pas au club des soigneux. *Warum* je devrais me fader de le triturer au couteau dans le dessein de l'en libérer ?

Rosie en décochement de salut Klingon :

– Gee, ton bon battant te trucidera. Ça te dégoiserait de t'essayer au nœud de chaise *mit* mézigue ?

Pour toute repartie, je lui décoche le zieutage.

Jasounette raffole de la confection de nœuds de chaise. Je Vous en supplie, plie, Notre Seigneur, faites déguerpir l'excursion camping.

16 h 15 Retenue ! Je n'en crois pas mes joues ! ! ! ! La Mère Œil-de-Lynx n'est pas plus tôt revenue de sa traque de filles à supplicier qu'elle me colle la colle.

Pour cause de trois malheureuses minutes de retard à son cours en raison d'un détour au service pipi et Cie post-germain, durant lequel je détecte un embarras pustulette me contraignant à l'intervention d'urgence, suivie d'une application de savon sur zone éradiquée. J'ignore *warum*. Sur l'instant, l'idée me seyait. Total, Œil-de-Lynx accueille mon intrusion en souffle, souffle, par ces mots :

– Vous auriez dû être là à trois heures.

Bibi en mode intéressement hybridé curiosité :

– *Warum ?* Il s'est passé un truc ?

En moins de temps qu'il ne faut pour le dégoiser, je me retrouve en retenue à gribouiller : « La grossièreté sous couvert de l'esprit conduit en retenue. »

Ahurissant.

18 h 30 Toujours en prospection de moyens susceptibles de me conduire auprès de mon galant. Je me demande si lc Transalpin me passera le coup de bigo du Pays-de-la-Mozzarella-et-Tomates-à-la. Une supposition que je sois sézigue, une certitude que je grelotterais mézigue. Vous me suivez. Je vous ferai dire que je me serais passé le coup de bignou lundi.

Cinq minutes après Je m'interroge sur son absence de coup de.

Je bigophonerais bien à Jasounette en vue d'obtenir son avis, mais la potesse s'est égarée à Brindille-Land. Si j'esgourde un trucmuche supplémentaire concernant ce fichu déplacement campinguesque, je tourne maboule. Sans calculer que l'enfrangée m'a refusé le partage de tente. Elle a pris Ellen et Mabs en coloc qui, d'après sézigue, sont plus « fiables ». *Qu'est-ce que le sens ?* Je m'en bats la mirette avec une patte de lémur bambou. Je sommeillerai avec Rosie *und* Jools, réunion à fort potentiel marratoire, de toutes les manières. Et puis *mit* Jas, le risque de l'édiction de règle de tente est volumineux, style : « Toutes les brosses à ratiches se remisent dans le verre à » ou : « En vous pieutant, vérifiez que votre sac de couchage n'est pas colonisé par l'animal. » Des billevesées, couic que de billevesées.

Quelle vêture est requise en occurrence de désastre camping ? La Mère Wilson nous a fourni la liste. Où est-elle ?

Deux minutes après

- *Tenue de nuit chaude*
- *Anorak*

· Chaussures de marche
· Vêtements pratiques

Notre Seigneur. Le plus chocottogène suit ci-après :
N'oubliez pas votre maillot de bain, mesdemoiselles, car une rivière coule à proximité. Et bien sûr, si vous jouez d'un instrument de musique, prenez-le afin d'animer nos folles soirées !

L'expérience risque le croisement entre l'incongruité à base de gratte d'Appelez-moi-Arnold et *Les Cinglés du camping*. Je vous garantis sur facture que le sauveteur en montagne ne chômera pas. À tous les pains, pour cause de galopade de Melanie Griffith l'ayant conduite direct à la baille par l'entremise de ses nunga-nungas déstabilisateurs. À moins que Herr Kamyer ne se fasse massacrer par l'ovin (*mit* un peu de chance).

19 h 00 Coup de grelot de Rosie.
– Gee, j'emmène la corne en camping.
– *Warum ?*
– En vue de réviser notre « tout schuss sur le disco viking ». Sans calculer qu'en cas d'attaque de vache susceptible, il peut se révéler judicieux de l'enfiler.
Nom d'un bœuf musqué sous couvert de l'anonymat.

Dix minutes après Je subodore qu'à la mode effarante, le désastre camping fera passer le temps en attendant d'avoir trouvé le moyen de me vomir chez Scooterino.

Deux minutes après Je me demande comment va Super-Canon. Chaque fois que je ne peux éviter d'entrer en vicinalité de la Nouillasse, icelle dégoise un trucmuche à une de ses copines visqueuses sous-esgourdant qu'ils sortent ensemble. Une supposition qu'ils sortent, une certitude que je possède le moyen excellent pour me guérir de sézigue. Tout gus ayant l'inclination pour la quidam *mit* ce taux de cagneux ne peut prétendre au tableau d'honneur.

Une minute après De l'autre triceps, Super-Canon m'a proposé le raccompagnement en cambuse avant que l'effrontée ne le piège par l'entremise de ses rallonges capillaires de pieuvre.

Une minute après Et à esgourder la Marrade, bibi n'est pas indifférente à Super-Canon, nonobstant icelui la joue cool Raoul en raison de l'affaire Scooterino.

Une minute après Oh, nooooooon, je suis victime de la rechute de cogitation à la Marrade. L'expert ne cesse d'opérer l'apparition surprise. Une supposition que je pense à un machin poilogène, une certitude que je suis en désir de le lui narrer. Toutefois, je m'en abstiens pour cause d'étrangeté intrinsèque au statut de potesse limitée potesse de sézigue. Son sauvetage de petite choupette la nuitée de samedi dégageait l'extra en *le grand quantité*.

Je me demande s'il est sujet à l'hilaritude *mit* Emma comme il l'est *mit* mézigue.

Je me demande *bis* à quel numéro ils sont rendus sur l'échelle des trucs et des machins. Tais-toi, cerveau !

Sonnerie du bigo.

Si ça se trouve, c'est Scooterino ! Descente d'escalier en huitième vitesse. La cambuse est plus vide que le vide car Mutti, m'ayant déclarée inapte à la garderie de sœur, l'a déposée chez mon Grand-Vati et sa fiancée tricotée de l'intérieur. Bien plus aptes. Non pas. Je fus limite au bord de faire partager mon opinion à la mère de famille, mais la chose relevait de l'exploit étant octroyé que je ne lui adresse pas l'élocution. *Warum* ne puis-je avoir le parent normal à mes grands soins ? Mutti et Vati se sont dégobillés à la première prestation d'oncle Eddie en qualité d'effeuilleur déplumé. Et nul ne contestera l'anormalité du comportement.

Décrochage de grelot.

C'est Super-Canon.

Nom d'un caribou de Peary en tête de gondole.

Trois minutes après Acceptation d'un rencard jeudi en vue d'une « converse ».

Même si j'ignore total ce que « converse » veut dégoiser.

Dans mon cas, je dirais sans détour que la chose pourrait se résumer à : « Bla, bla, billevesée, billevesée, faribole, faribole, calembredaine. »

Jeudi 28 juillet

Ultime jour du trimestre La Mère Fil-de-Fer nous délivre le discours spécial « L'établissement compte sur vous pour donner l'exemple », en vue de l'excursion campinguesque. Gélatineuse Ire y ajoute ceci :

– Nous attendons toutes avec impatience les récits

passionnants et les observations que la classe de troisième A rapportera.

Oh, *le positif*, quelle régalade ce sera de deviser de cette notoire nuit où nous vîmes un blaireau se gratter le popotin. Et du nombre de saucisses que nous boulottâmes.

Bibi à Roro en déambulation vers le cours de latin :

– *Warum* la Mère Fil-de-Fer n'est-elle pas du camping, par le fait ? Moi-même perso, je donnerais dispendieux pour la voir en tente.

– Je te ferai dégoiser qu'elle en porte une le jour d'hui.

Jasounette en mode démence naturofère :

– Tu as fait ton sac, Gee ?

– *Le négatif.*

– Moi, oui.

– Sans galéjade, tu emportes combien de couvre-fesses ?

– Ben, je me disais comme ça que, en cas de frisquet de la nouille, je pourrais prendre le modèle long et épais qui…

– Jas, je plaisantais.

La copine se trisse aussitôt à dos de chiffon.

Jas est ni plus ni moins qu'obsédée par sézigue, à un point qui force l'ahurissement. *Mit* elle, c'est juste mézigue, mézigue, Craquos, mézigue, chouettes empaillées, couvre-fesses *und* euh… mézigue. Si vous visualisez ce que je veux dégoiser et d'après bibi, vous visualisez.

Matines, sur le chemin du Stalag 14, je la mets au jus que je suis sur les ratiches rapport à ma situation en double gus de compagnie possible. Je le confesse, la perspective de voir Super-Canon cette nuitée me file la bizarrerie.

Pour toute réplique, la potesse me sert son discours d'us :

– Ben, il faut choisir et t'en tenir à ta décision. Tu ne peux pas agir à ta guise, style à te conduire telle la gourgandine toute ta vie en changeant de gus de compagnie pour un oui ou pour un non.

Pour un oui ou pour un non ? De quoi blablate-t-elle au juste ? Et « te conduire telle la gourgandine ». Charmante façon de s'adresser à sa potesse, me goure-je ?

Moi :

– Jas, je ne suis pas la gourgandine, mais l'ado. Je te ferai dégoiser que ce n'est pas parce que tu as remisé le rosissement popotal d'une paluche de zinc *und* que tu es abonnée à *Mulot Hebdo* que tu as raison.

– Ben, si.

– Ben, non.

– Ben, si.

– On s'éloigne franco du débat si tu persistes à ne m'objecter que « ben si ».

L'argument lui clôt le bec la nanoseconde, nonobstant elle reprend de plus moche :

– Ben, si.

La fille est décidément troooooooooop irritante.

En chambre

En heure de thé Super-Canon va débouler d'un instant à l'autre. Nom d'un vison d'Amérique en stage de réinsertion. J'espère que le temps n'est pas à l'ondée. Le ciel est un chouia nébuleux.

Oh, Notre Seigneur, la considération atmosphérique me remet en souvenance ma première visite chez sézigue. La toute première. Je n'en crois pas mes hanches, ladite advint seulement quelques mois auparavant (chinois). Depuis, mézigue a muté femme. J'ai existé *und* chéri *und* enduré.

Une minute après Certes, j'endurai et développai dans le même temps le nunga-nunga à foison.

Deux minutes après Lors de cette notoire première visite, je ne vêtais pas encore le soutif. Plus étrange, tu trépasses. *Und* stupide comme les événements le prouvèrent, car il pleuvait des sagaies et j'arrivai en sa cambuse trempée tel le velouté. Un coup de mirette à mon torse m'avertit que deux protubérances pointaient le blair sous mon T-shirt, mes bouts de nunga-nunga ! Et impossible de les faire rentrer à la niche. Je fus contrainte de garder l'abattis croisé sur cage thoracique pendant des suspensions. Après quoi, Super-Canon me joua une ritournelle de sa composition et, étant en ignorance de ce qu'il convenait de faire, je laissai flotter un embryon de sourire attractif (du moins j'aime à le cogiter) en faciès. *Le trop dommage*, la ritournelle s'éternisa tant et plus. Conséquemment, lorsque la fin sonna, j'avais chopé la crampe de joue. Sans calculer que, dans le même temps, je tentai de juguler les incartades de mon pif toujours prêt à batifoler dans les limites du déraisonnable. Rendue chez mézigue, je me pageai aussi mouillé en raison d'un surmenage facial.

Tous ces efforts pour que Super-Canon me laisse choir telle la socquette pour cause de trop jeune âge pour sézigue et m'oriente vers une de ses accointances susceptible de me botter, Dave la Marrade. C'est ainsi, cher public, que la Marrade fit son entrée dans ma vie et que je l'utilisai comme chèvre dans le dessein d'attirer l'attention de Super-Canon.

L'épisode de la chèvre continue de me poursuivre, d'autant que la Marrade découvrit le pot aux glaïeuls.

J'en suis comme trente-huit ronds de flan que sézigue et mézigue soyons poteaux, par le fait.

Deux minutes après Car poteaux nous sommes. Poteaux garantis poteaux sans additif. Ce qui est *le excellent. Und* conforme. Nous aurions été nuls au poste de gus et gussette de compagnie, pour cause de... euh... La Marrade ne cotise pas au club des Super-Canon ni des Sublimo. Le gus n'est qu'une Marrade sensas. Et si je ne m'abuse, la Marrade sensas ne figure pas au nombre des membres du club susmentionné.

Deux minutes après Note, le gus est poiladogène. Encore dix minutes et Super-Canon sonnera à la lourde. Je suis plus tartinée que la tartine et pas certaine de pouvoir endurer l'attente en cambuse. Si ça se trouve, j'irai poser séant sur muret dans ce dessein. La pose implique-t-elle la fébrilité ? *Le positif.* Par voie de conséquence, je reste en intérieur par l'entremise de la disciplinosité hybridée glaciosité.

En muret

Que vais-je lui dégoiser ? Et *quid* de l'affaire bécot ? Une supposition qu'il veuille me bécoter, une certitude que je suis en empêchement vu mon statut quasi officiel de gussette de compagnie éventuelle de Scooterino. Me goure-je ? L'établissement de l'échelle de Richter pour ex s'impose. En vue d'y inscrire le bécot type « juste une fois en souvenir du bon vieux temps ».

Je vous ferai dire que l'occurrence bécotale *mit* la Marrade s'est présentée à moult reprises depuis le passage de l'expert à la case ex de mézigue. Conséquemment, la règle du « juste une fois en souvenir du bon vieux temps » ressemble comme deux gouttes de cidre à : « oui, oui *und* trois fois oui ».

Bémol, il en fut ainsi. Couic du genre n'est advenu depuis des décades. Si ça se trouve, la Marrade a décroché de bibi. Note, je ne vois pas *warum*, à moins qu'il en pince assurément pour sa « fiancée ». Possible que l'expert la trouve plus chou que mézigue. Possible qu'icelle le soit. Toutefois, il serait malvenu de me le reprocher. Il suffit de jeter l'œillade à ma parentèle.

Deux minutes après Sur ces entre-fêtes, Super-Canon passe le coin de ma venelle. Le gus exhale la décontracture mâtinée maturosité. La souvenance me revient des mois et des mois que je consacrai à lui filer la micheline *und* à songer à sézigue *und* à courir le concert des Stiff Dylans dans l'espoir de choir sur sézigue par le biais du hasard ou qu'icelui s'adresse à ma personne. Puis, le gus me bécota *mit* déclaration de souhait de me fréquenter. Et, l'espace de quelques jours, le trop-plein d'allégresse me transporta et j'attirai le garçon tel le miel. Puis *bis*, il me laissa rechoir tel le bas ! Dans le dessein d'aller au Pays-du-Kiwi-en-Folie gratter de la gratte pour le plaisir des esgourdes de wombats. Ou était-ce de la maraca ? Je l'ignore.

Je suis limite au bord de dévaler le muret dans le but de lui dégoiser la parole en normalitude, quand le gus provoque mon ébahissement par un penchement sur mézigue assorti bécot de lippe. Pas le bécot de poteau en survol furtif. Non. Le bécot scrupuleux fourré à la fermeté, d'un laps avoisinant les trente secondes. Mon encéphale profite illico de la conjoncture pour se tailler la bavette perso : « Ooooh, il faut que j'aille quérir ma toquante. À tous les ramponneaux, Jas me posera l'interrogation sur la durée officielle du bécot scrupuleux et sur les outils de mesure des trente secondes. Style tu as chronométré le bécot à l'ombre solaire ou quoi, etc. »Tais-toi, cerveau, tais-toi !

Mon cervelet obtempère et je me trouve livrée à la sensation.

S'ensuit la fin du bécot et Super-Canon me passe le :

– Salut.

Mézigue en mode frôlant la norme :

– Salut.

Puis il pose séant sur muret en proximité de mézigue. Je lui décoche le zieutage auquel il répond illico par la risette.

Lui :

– Si on allait se promener au parc, comme autrefois ?

En parc

Le ravissement est de rigueur en futaie, l'astre solaire dessine la feuille sur sol par le biais du passage en végétal et l'hilaritude enfantine se fait esgourder. Je précise hilaritude adéquate et non grognement de laycon tel qu'émis par ma sœurette. On est présentement dans le cas de figure du mouflet jouasse se divertissant de conserve *mit* autres gniards. Touche finale au tableau idyllique, le couple en tenue de mimines baguenaude de-ci *und* de-là ou repose sur graminée.

La converse ne roule pas à gourdins rompus. Note, je m'en bats le globe oculaire avec une patte de lépilémur mustélin car pour faire preuve de la franchise, je n'ai couic envie de faire partager à la population de ce qui peuple mon cervelet. Exemple parmi peu, en cours d'histoire du jour, je fus mise en connaissance de l'affaire Shackleton, soi-disant héros hybridé explorateur, resté coincé sur son rafiot par l'entremise de la glace et qui, en vue de gagner de la place ou d'alléger l'embarcation ou autre, dessouda son félidé, M. Chippy, alors que, de toutes les manières, le secours se pointa ! Et je vous ferai dégoiser que M. Chippy occupait le poste de matou de rafiot depuis des décades et des décades. *Warum* le gus ne s'est-il pas tiré le pruneau en trogne perso s'il était en volonté d'acquérir l'espace ? Le personnage historique est *sehr sehr* égoïste. La prochaine fois que je croise la Marrade, je me dois de lui narrer l'histoire de M. Chippy.

Pile au sortir de mon drame félidé, j'ouïs Super-Canon dire ceci :

– Tu te rappelles cet arbre ? Il me semble que c'est à cet endroit que je t'ai chanté la chanson que je t'avais écrite. Tu te souviens ?

Le trop bien. Et, une supposition que je fasse preuve de l'honnêteté, une certitude que je déclare sans ambages la souvenance non classée en chérie, pour cause de Super-Canon m'incitant à poser caboche sur son genou pendant qu'il…

Icelui :

– Asseyons-nous un instant. Je pense pouvoir me rappeler les paroles…

Oh, *le négatif*. Voilà que la chose se reproduit. Moi vive, pas question de poser caboche sur son genou.

Une minute après Oh, Notre Seigneur. J'ai le cigare sur sa rotule *mit* re-point de vue panoramique sur sa cavité nasale pendant qu'icelui me fredonne la ritournelle à base de cétacé.

En paddock

23 h 00 Et en chouinade.

Dire que je pensais avoir touché le fond du tréfonds de la dramaturgie au chapitre gus, je commettais l'erreur. Je ne suis même pas en connaissance du *warum* du déchaînement lacrymal, si ce n'est que l'affaire dégage le supplément de tristessitude. Robbie est *und* demeure mon premier, seulabre et unique Super-Canon, nonobstant... Oh, je suis en ignorance. Le gus me fredonne sa ritournelle, *mit* bibi en évitement de sondage de blair *und* braquage de mirette sur nunga-nunga au cas où ledit prétendrait au batifolage *UND* autre mirette orientée vers le cervelet en vue de réfréner les velléités d'escapade du cortex. Si bien qu'à la terminaison de la ritournelle, j'ai le tensiomètre au max et ne suis plus tout à fait mézigue. Ce que Jas ne manquerait pas de ranger dans le tiroir bonus.

Se résulte une séance bécot agrémentée d'escales au numéro six, que Super-Canon maîtrise telle la divinité. Nul quidam ne peut nier qu'il dégage l'attirance par le truchement de la manière estampillée premier choix. Le gus a la vêture chou (exception faite, il faut le dégoiser, du croquenot à base d'hévéa vendu en échoppe herbivore) et il me certifie sur facture sa non-sortie officielle *mit* la Nouillasse.

Se résulte *bis* un raccompagnement en cambuse, paluches tenues, suivi d'un bécot de portail, affichant la consistance et la longévité de bon aloi. Pas trace de numéro sept virtuel sur l'écran de mon détecteur perso, toutefois on ne sait jamais.

Se résulte *terce* un zieutage de mézigue par sézigue arrosé au clair de lune (zieutage emboîté par les cinq mirettes d'Angus, Naomi *und* Gordy que je fais déguerpir du muret par l'intercession du jet de godillot). Je décoche à mon tour l'œillade au Super-Canon et je confesse qu'il a le faciès adorable, sans conteste possible. Le gus est adorable, par le fait. Nonobstant… oh, je suis en ignorance. Soudain, je sens la mouillure sourdre de mon globe oculaire. Impossible de réfréner le déversement lacrymal. Toute l'affaire dégage l'infinie tristessitude hybridée pas juste. Je baisse illico la mirette en vue de dissimuler la chouinade à Super-Canon.

Se résulte *quater* un passage de mimine de sézigue en perruque de mézigue *mit* cette interrogation :

– Gee, qu'en penses-tu ?

Oh, non, que cogite-je ?

Bibi en débit kalachnikov :

– Ben, tu m'as comme qui dirait abandonnée *und* tu es resté au loin abondamment *und* les wombats *und* ainsi de suite *und* ensuite, je, ben, Scooterino a commencé à me botter et il…

Super-Canon pose séant sur muret en vicinalité de mézigue et en mode affliction conjuguée silence.

Lui :

– Il te plaît vraiment, alors ?

Ma voix refusant de répondre à mes injonctions, je hoche du citron.

Pas de réaction. Je lui décoche l'œillade de biais. Le gus a le zieutage égaré et, soudain, j'avise la larme de petit gabarit s'échapper de son vasistas et lui dévaler la façade à la vitesse du gastéropode. Ohhhhhhhhhhhh, la chose est insupportable.

Je suis limite au bord de lui blablater : « *Le négatif, le négatif,* ferme le robinet à chouinade. Je serai ta gussette de compagnie. Ce que tu veux, mais coupe le robinet… » Nonobstant, ma voix reste aux abonnés absents.

Super-Canon après raclement de gosier :

– Georgia, ne sois pas triste. C'est toujours dur de faire du mal à quelqu'un en lui disant la vérité. Je suis bien placé pour le savoir. Tu es vraiment irrésistible. Irrésistible… démente… mais irrésistible. Je t'aimerai toujours. Ne t'en fais pas.

Remise de silence sur le tapis. Puis le gus lève séant *mit* ces mots :

– De toute façon, je suppose qu'il faut que tu partes, tu as certainement un train à prendre.

La déclaration est accommodée à la risette. C'est un début et une chose *le excellent*, vu la montée des eaux maousse que je sens se profiler à l'horizon oculomoteur.

Minuit Le fin mot du conte est que Super-Canon rentre au Pays-du-Kiwi-en-Folie. Il a une gussette sur zone en pincement pour sézigue. Je fus limite au bord de lui demander : « Serait-ce Wilma, la wombat ? » Mais j'avoue la sensation penchant vers le bizarre à la cogitation de sézigue *mit* une autre quidam. *Und* en repartance. Oh, je suis en ignorance. Serais-je en souhait de sortir avec lui s'il demeurait sur le sol grand-britton ?

Je n'ai couic contre le gribouillage de bouquin expliquant comment séduire à coup sûr le dernier des caves, encore faudrait-il instruire la population sur la conduite à tenir en cas de réussite. Ce pourrait faire l'objet du tome II, intitulé *Comment dispose-t-on de la collection de caves réunie par le truchement de l'inadvertance en suivant les conseils prodigués dans un bouquin rédigé par le demeuré, sachant que désormais la collection de vous colle à la micheline ?*

0 h 05 Rosie *und* Sven placardent manifestement l'allégresse d'être ensemble. Et, comme nul n'est censé l'ignorer, leurs épousailles sont programmées pas plus tard que dans dix-huit ans. Nonobstant, auront-elles lieu ? La copine et le géant des steppes glacées n'ont strictement rien en collectif, si ce ne sont le bécot, le bécot, la denrée alimentaire, la gigue givrée *und* le bécot. Toutefois, et si ça se trouve, la relation est de qualité. Qui est en connaissance ?

Et puis, il y a le cas Jasounette *und* Craquos qui possèdent le surplus de trucmuches en collectif, mais proclament l'allégresse.

Une minute après Le seul frelon dans la crème de brocolis est que pour prétendre à l'allégresse de Miss Frangette, il me faudrait être sézigue.

Le négatif, je refuse de m'aventurer en ces contrées. Je suis en devoir d'être bibi.

Und d'assumer le fait que je fus victime du syndrome allumage taille cosmos et que, par voie de conséquence, le rosissement popotal me conduisit direct au micro-ondes de l'amuuuuuuuuur, conduite suivie d'une escale en égouttoir de l'affliction, icelle-même escortée d'un atterrissage en beauté sur les ratiches.

Ouuuuuuuuuuuuuuh.

Bref, prise de décision opérée et obligation de m'y conformer, par le fait.

CABOCHE TENTIFORME

Vendredi 29 juillet

Réveillée par Mutti sur les gifles de 8 h 30.

– Gee, je peux t'emprunter ta jupe en cuir ? Tu ne la prends pas pour aller camper, n'est-ce pas ?

Je manque de peu la cécité pour cause de mère de famille tirant le voilage en grand et en vue de farfouiller dans ma garde-robe.

Mézigue :

– Mutti, tu peux m'expliquer pourquoi tu aurais besoin de ma vêture et par le fait, à qui comptes-tu la passer ? Ce qui, soit dégoisé en passant, est hors d'interrogation.

Diantre ! J'ai brisé mon vœu de quiétude ! ! !

Mutti :

– Je ne la passe à personne. J'assiste à une représentation d'oncle Eddie avec mes copines samedi. Une sorte de démonstration où ton oncle fera le chauve, il y aura un dieu Thor, un facteur et un…

– Mutti, arrête les dépenses ! Tu n'es pas sans ignorer que j'ai l'âme mélodieuse. Si tu persistes, je tourne démente. Me goure-je, ou tu comptes revêtir ma jupe en derme dans le dessein de zieuter le gus givré bondir de-ci *und* de-là en couvre-fesses ?

– Oh, non… ils le retirent aussi.

Plus dégueu tu trépasses ! ! !

Une demi-heure après Autorisation d'emprunt de jupe accordée contre promesse de deviser de mon déplacement au Pays-de-la-Mozzarella-et-Tomates-à-la en retour de camping. *Yesssssssssss ! ! ! ! !*

Et récit de l'affaire Super-Canon par le truchement de l'inadvertance. Ma génitrice se montre plutôt chou en la circonstance, calcul tenu du critère maternel. La narration réamorce la pompe à chouinade et j'avoue me sentir tel le vermisseau version Mesquina.

Mutti :

– Il est vrai que tu es souvent pénible. Mais je suppose que c'est ton boulot d'ado. Je devais être pareille à ton âge.

Je m'abstiens de lui rétorquer : « Es-tu atteinte de siphonnitude ? »

Sézigue :

– Je suis plutôt fière de toi. Il est parfois difficile de dire la vérité, surtout quand on ne veut pas blesser les gens. C'est ce que tu as fait. Tu as dit ce que tu ressentais. Il faut toujours agir en fonction de ce qui est bon pour soi et non de ce que les autres préconisent.

Sur ce, la femme me délivre l'accolade et, à mon ébahissement de grande ampleur, je lui réponds par le poutou spontané. Note, je ne suis pas seulabre à être frappée de la surprise.

11 h 00 Rencard prévu au Stalag 14 à 15 h en vue de prendre l'autocar. Une supposition que je me défile, une non-certitude que le susdit décanille sans mézigue. À tous les ramponneaux, l'autorité enseignante dépêcherait le lynchage gouverné par le Père Attwood, sézigue-même secondé par Lindsay la Nouillasse. Oooooooh, je n'en crois pas mes rotules d'être obligée d'aller au trucmuche campinguesque.

Inutile de me munir du produit de beautitude car, à moins de choper l'aliénation et de me mettre à bicher pour Herr Kamyer, la zone sera dé-mâlisée, si on oublie la Mère Wilson. Conséquemment, je fourre le jumper *mit* jean *mit* denrées alimentaires de première nécessité en sac et en espérant tomber en sommeil pour les deux jours à venir. Si ça se trouve, je pourrais requérir du Top Gang le pain sur caboche à l'aide de l'objet assommant avec réveil risettophile dimanche à la clef.

Je me demande si la Nouillasse est au sent-bon que Super-Canon rempile au Pays-du-Kiwi-en-Folie. L'effrontée risque le grogne-grogne de première grogne. Par voie de conséquence, à quelque chose affliction est bonne.

14 h 00 Remorquage de sac en haut de la pente du Stalag 14. Jas file devant pour cause de Craquos lui prêtant mimine-forte au chapitre convoyage d'affaires. La potesse m'a passé ni plus ni moins que le quintuple coup de bigo dans le but de me faire partager son exaltation.

Mue par la repartie allègre, je lui posai la ci-devant interrogation :

– Dégoise-moi, Jasounette, tu as le verre à brosse à ratiches spécial camping ou bien ?

– Évidemment. Qui n'en a pas ?

On crawle déjà en pleine infortune. Herr Kamyer arbore le short. Cherchez l'erreur. Le port du est-il seulement autorisé ? Je tente l'impasse sur le zieutage de ses guiboles. Le germanophile a le membre plus blanc que la blancheur *und*, qui plus est, piqueté de pilosité rouquoïde. Beurk !

La gent apprenante s'empile en autocar, et le Top Gang s'empresse de squatter les sièges postérieurs.

Roro :

– De la sorte, nous pourrons exhiber le popotin aux pilotes des autos suiveuses.

La potesse exhale la sophistication. Nul quidam ne le contestera.

Craquos nous balance l'agitation de paluche, provoquant la chouinade majeure de Jas, accommodée aux bécots soufflés. Quelqu'un peut-il m'expliquer au juste le *warum* de l'épanchement lacrymal ? Me goure-je ou l'enfrangée n'est pas passée à l'essoreuse de l'amuuuuuuuur, telle mézigue.

La Mère Wilson ne se tient plus. Elle a la perruque limite au bord de choir. L'autocar n'a pas plus tôt détalé qu'elle nous déclare ceci :

– À présent, mesdemoiselles, afin de nous mettre dans l'ambiance, pourquoi ne pas chanter quelques chansons ? Que diriez-vous de *Un kilomètre à pied, ça use* ?

L'experte en couic serait-elle atteinte de givre certifié ?

Sur ce, force nous est de constater que le chauffeur d'autocar n'est ni plus ni moins qu'un succédané d'Elvis Attwood, vu ce qu'il rétorque à l'enseignante en responsabilité :

– Pas de chanson en autocar sans permission officielle de l'animateur transportant, madame.

La Mère Wilson :

– Euh, bien, quand, euh… qui est l'animateur transportant ?

Grognon Ier :

– Moi.

– Dans ce cas, pouvons-nous, euh, serait-il conforme que nous puissions chanter quelques chansons pour… ?

– Non.

Sur ce mot, l'animateur transportant appuie sur le champignon tel le damné, envoyant la Mère Wilson valdinguer direct en rotule de Herr Kamyer.

L'ensemble apprenant :

– Tout juste, Auguste ! ! ! !

Une heure après Mise au jus du Top Gang des derniers développements au chapitre Super-Canon. L'ensemble poteautesque me ponctue le récit de « Oh, c'est trop éploré » et ainsi de suite. Ce qui est, par le fait. Jasounette me décoche même la pose d'abattis sur épaule. Je lui délivre aussi mouillé le sourire brave. Je vous ferai dégoiser qu'attirer le gus tel le miel peut se révéler ardu. *Und* plus exténuant que d'aucuns ne le cogiteraient.

Jas :

– J'espère que tu as fait le bon choix. Une supposition que Scooterino décrète en ta défaveur le trop-plein de siphonnitude pour être sa gussette de compagnie, une certitude que tu regagnes l'étagère de la vie.

Inutile d'user ma salive pour lui répondre, l'enfrangée est *le trop irritante*. Je me contente de lui haler le couvre-chef spécial extérieur sur le globe oculaire.

Une demi-heure après En plein nulle part, sis en milieu de prairie. *Qu'est-ce que le point* de ceci ? Jas est en frontière de glissade pour cause d'excès de ravissement. Elle se trisse *fissa* en vue « d'explorer » la futaie. Ou plutôt le paradis de la Brindille, tel que la dénommeraient certains. Vérif perso du « sanitaire ».

Dix minutes après Bibi au Top Gang :

– Mézigue vive, je ne me rendrai pas au salon du popo des deux journées à venir.

Le goguenot n'est ni plus ni moins qu'un goguenot factice et la « douche » se trouve logée en hutte de première nullité. Si d'aventure, le pourceau pointait caboche en lunette de et en pose de séant de quidam, la perplexité ne me gagnerait pas. Note, je ne suis pas près de poser le.

Moi-même à la Mère Wilson :

– Je vous ferai dire que ceci s'apparente à du mauvais traitement de jeunesse. Je compte déposer plainte auprès de la Cour européenne des droits de l'homme. Soyez gracieuse de leur passer le coup de grelot.

L'experte en couic :

– Je le concède. Les équipements sont un rien sommaires. Mais cela participe de l'amusement. Je me rappelle que, jeune fille, quand je faisais du camping, les toilettes n'existaient pas. Nous devions creuser un trou à la pelle dans les bois pour y enfouir nos excrétions.

Oh, oh, la Mère Wilson évoque l'équipée de son popo devant mézigue ! ! ! Je me sens plus maltraitée que la maltraitance, option flétrissure.

Une heure après Rosie, Jools et bibi sommes toujours en tentative de montage de tente.

Mézigue à Herr Kamyer (le séant posé sur transatlantique devant sa tente qui, je le précise, arbore l'avant-toit en dessus d'ouverture !) :

– Herr Kamyer, vous qui êtes si *gut* en montage de cambuse de toile, ça vous dégoiserait de monter la nôtre ?

Guibole aveuglante :

– Je penze qu'il serait blus zatisfaizant d'y arriver par vous-même. Ceci est *gut* pour la berzonnalité.

L'expert en kneudel se fourre le didi en mirette s'il cogite que monter la tente est bon pour le tempérament. Je ferai remarquer à tout un chacun que les seulabres lauréats du montage de tente sont sézigue, la Mère Wilson *und* Jas. Suivez mon zieutage.

Jasounette est épouvantablement irritogène, même pour elle. Ce qui en dégoise long. La fille gambade deci *und* de-là en mode grotesque mâtiné léchage de croquenots d'enseignant.

La potesse à Goethophile Ier :

– Herr Kamyer, je peux aller chercher du petit bois pour le feu ?

– Quelle *gut* idée, Jas. Zavez-vous quel bois ramazer ?

– Ooh, oui, Herr Kamyer, avec Tom, mon copain, on fait souvent du feu en rando. On a même suivi un cours de feu. Subséquemment, je sais en faire sans allumettes.

Je suis à neuf didis de lui vociférer : « *ON S'EN BAT LE GLOBE OCULAIRE AVEC UNE PATTE DE LORIS GRÊLE ! ! ! ! ! ! CONTENTE-TÉZIGUE DE NOUS MONTER CETTE FICHUE TENTE, MISS BRINDILLE À LA NOISETTE ! ! ! !* »

Une demi-heure après Montage de tente effectué, suivi de pose de séant en intérieur. La chose se résumerait-elle à la susdite ? Est-ce d'icelle que la population nous rebat les esgourdes ? Une pose de séant en hutte sacoïde, assortie d'un zieutage de prairie ?

Dix minutes après Notre Seigneur, je me fais plus tartir que la tarte. À quelle heure ripaille-t-on ?

Dégobillement de visite à Jasounette *mit* coups frappés à la toile, ce qui, de mon point de vue perso, dégage le surplus de riant.

Miss Frangette en passement de caboche par interstice :

– Qu'est-ce que tu veux ? Ta tente a une drôle de forme.

– Si j'étais tézigue, je ne brancherais pas mézigue sur la forme bizarroïde, Jasounette. Que manufactures-tu en tente ? Qu'est-on censé y manufacturer ? Montre à bibi.

– Ben, fais attention où tu poses tes gros nougats. Tout est bien rangé.

Nom d'un rhinocéros indien sûr de son fait. Les potesses possèdent effectivement le verre à brosse à ratiches perso.

Jas :

– J'ai déjà trouvé un triton crêté dans une petite mare près de la rivière.

Je lui décoche l'œillade fourrée à l'ironie, mais icelle lui passe en dessus de caboche.

La potesse en mode Lord Baden-Powell inexhaustible :

– La Mère Wilson a emporté son microscope à la mare et on a vu des spécimens de faune aquatique…

Interruption de mézigue :

– Jas, sauf erreur de bibi, je t'ai déjà avisée de mon désintéressement massif pour le triton croûté.

– Crêté.

– Ce que tu veux. Croûté, toasté, frit. Je suis, et compte le demeurer à *existam eternam*, non tritonnée. Tu n'aurais pas de la denrée alimentaire dissimulée par-devers toi ? J'ai les incisives.

Sous la contrainte, la potesse me file le roulé à la confiture planqué en étui à pige-moi-ça chouettiforme. Honnêtement.

En chute de noirceur sur le désastre campinguesque

Mit le crépuscule rappliquant sur zone, Herr Kamyer et la Mère Wilson sortent la casserole et allument le brasero.

L'experte en couic :

– Mesdemoiselles, vous remarquerez que Herr Kamyer a creusé un coupe-feu entre le foyer et l'herbe. Il faut être très vigilant concernant les feux de forêt en été.

Compte sur moi et absorbe de l'eau rafraîchie, l'incendie de futaie figure en tête de liste de mes tracas. La femme a-t-elle idée de ma vie entichée ?

Une demi-heure après Par le fait, je répugne à le reconnaître, mais l'ingestion de *spangleferkel* accommodé au haricot en assiette de zinc autour du brasero de camp penche vers l'amusoire.

J'ignore *warum*, mais je pressens l'avènement d'un « Hue ! Dia ! » dont je m'ouvre illico à Roro et Jools.

– J'ai comme qui dégoiserait l'impression que le cow-boy pointe caboche.

Roro :

– Et si on se livrait à de la dérobade de bovins post-mangeaille, dans le dessein d'abreuver les longues heures qui nous séparent du retour à la civilisation *und* au bécot ?

Mézigue :

– Plutôt cinq fois qu'une.

Aussitôt blablaté, aussitôt prévu. Cambriolage de bétail programmé dès tarte aux fruits gobée. Laissez choir.

Un quart d'heure après Nozigue « campeuses » demeurerons séant posé autour de la calcination en attendant que le blaireau enthousiaste (en foncé, la fille demeurée *und* grotesque) ait terminé la lessive d'assiettes en rivière. Comme de bien esgourdé, Jas est de la partie, en mode gloussement panaché hilaritude et ci-devant exclamations : « Non ! Ce ne serait pas une sturnelle des prés ? » et autres « Je me demande si je n'ai pas aperçu une queue de blaireau. Ça va être génial de les guetter cette nuit ! » Calembredaine pur jus. *Warum* la potesse affiche-t-elle un taux de contentement largement supérieur à la moyenne en nature ? Si ça se trouve, elle a du goret sauvage en patrimoine de gènes.

Une fois tout un ustensile remisé à Remise-Land, Herr Kamyer s'adresse à la cantonade de la sorte :

– À prézent, mesdemoizelles, plaze au divertizment.

Moi :

– Je me demandais justement où on branchait le poste.

L'expert en yodle :

– *Nein*, Georgia. J'ai guelque chose de bien blus intérezant à vous propozer. Bar ailleurs, je ne dispoze bas de la brise.

Hilaritude à tous les étages. L'air respirable associé à la chouinade corpulente des dernières heures ont dû me contaminer à l'étourdissement, à esgourder mes hululements de hyène. Herr Kamyer considère l'assemblée *mit* perplexité.

– Qu'y a-t-il de zi drôle ? *Warum* riez-vous quand je dis que je ne dispoze bas de la brise ? Bour vous divertir, Mlle Wilson vous abborte des boîtes de conzerve que nous allons remblir de riz comme zezi.

Aussitôt annoncée, aussitôt remplie. Puis l'enseignante poursuit la distribution et s'ensuit le scénario de l'horreur sans adoucissant. Les deux experts entonnent le fredonnement de *Si tu vas à Rio* au son de la boîte secouée, telle la paire de maracas !

Plus abominable, tu trépasses. Les drilles proposant à la cantonade de leur emboîter la foulée au rayon secousse, je blablate ceci :

– Perso, je vais me rencarder sur l'activité du bovin par cette belle soirée.

Roro *und* Jools se remettant sur leurs nougats en un clin de mirette :

– On vient ! On vient !

Dix minutes après Pas empreinte de vache nulle part. Pour tout dégoiser, il s'en trouve quelques échantillons, toutefois en prairie sise à cent kilomètres. De toutes les manières, je ne suis pas en volonté de voir le bovin, mais de le dérober.

En revanche, l'ovin assoupi abonde en vicinalité, conséquemment, nous gagnons son pré. Nom d'un lynx roux pusillanime, la production de popo du mouton est *le considérable und* balliforme. Angus se régalerait en ces lieux : du trucmuche à pourchasser *und* fâcher en veux-tu en voilà, du popo, de la saucisse, du minimulot à endommager. Le paradis du félidé.

Décision de Roro « d'improviser » sur le thème larcin de bétail à l'aide de l'ovin *und* corne d'épousailles.

Huit minutes après La copine ayant fixé la corne de bison sur caboche de mouton par l'entremise du collant, entreprend à présent d'enfourcher le susnommé en guise d'équidé sauvage. L'animal encorné, qui ne bouge pas le cil, s'empresse de décaniller dès que Rosie ramène sa framboise. La fiancée du géant des steppes glacées tente alors la monture par la face arrière. La réussite de l'entreprise est indéniable, mais n'excède pas la demi-seconde et se termine par le vol plané *mit* atterrissage en popo ovin. Notre Seigneur, que la contrée est riante.

21 h 30 *Mit* un peu de bol, c'est l'heure du dodo. Total, le mouton n'est pas poilogène. Il se regroupe à l'autre bout du pré entre collègues. À quelles étendues insondables de demeuritude la bête se vomit-elle coupable ? Retour au brasero de camp pour cause de couic d'autre à fabriquer. Le village le plus proche crèche à une heure de distance et, à tous les pains, l'agglomération est fourrée au tricentenaire givré.

21 h 42 Après la splendeur du désastre ritournelle, la chaleur monte de plusieurs degrés au thermomètre de l'ambiance car, en vue de nous « divertir » davantage, Herr Kamyer se livre à de l'ombre d'animal en tente à l'aide de la loupiote de poche. L'expert en short à bretelles prétend que la cantonade lui en réclamait à cor et à vocifération lors de ses expéditions campinguesques en Forêt-Noire. Sommes-nous en connaissance du moindre comédien germain ? *Le négatif* est la réponse.

De toutes les manières, vivons *und* laissons vivre, telle est ma devise. Herr Kamyer propose la forme et l'apprenante est censée deviner à quelle bestiole elle appartient. Jas est plus déchaînée que la chaîne. Elle reconnaît le jeannot, l'aigle, etc. Et que je te continue et que je te continue. J'ignore *warum* la quidam s'ingénie à deviner la catégorie animalière, étant octroyé que ce ne sont ni plus ni moins que les paluches de Herr Kamyer.

21 h 50 Le germanophile en intérieur de tente :

– Je penze que z'est assez, mesdemoiselles. J'ai terbiné.

L'homme entre alors en fouille de sac.

Mézigue :

– Un éléphant !

Herr Kamyer en sortie de tente *mit* brosse à ratiches à la mimine :

—*Ach* non, j'ai terbiné. Je ne fais plus d'animaux.

Rosie :

– Un lama en villégiature !

L'enseignant en partance pour le « sanitaire » :

– *Nein, nein*. J'ai terbiné.

Et il se trisse à Lavabo-City.

Mézigue dans son échine :

– Un Saube !

Mais il ne m'esgourde pas.

Ce qui n'est pas le cas de Miss Frangette, représentante officielle de la nature grande-brittonne.

– Tu es ridicule, Gee. Je vais guetter le blaireau. Quelqu'un veut venir avec moi ?

Est-elle frappée de démence ?

Deux minutes après Curieusement, une pincée de quidams lui emboîte la foulée.

Serait-ce l'heure du dodo ?

Rosie, Jools *und* bibi rentrons à la tente en vue d'intégrer le sac de couchage. L'habitation de toile est comme qui dégoiserait affalée version affaissée. Je suis en empêchement de vision de Rosie pour cause de pendouillement tissulaire en milieu de tente. Et je vous ferai remarquer que la copine gît à côté de mézigue. Bon, ben.

Jamais je ne gagnerai les abattis de Morphée *mit* la stridulation ambiante hybridée galopade. Et je ne blablate que de Jas…

Zzzzzzzzzzzzzzzzzzzzzzzz.

Minuit Effondrement de tente. Réveil en bataille contre un trucmuche à consistance de couette sans couic voir. J'esgourde de la voix étouffée. C'est Rosie :

– J'ai chopé la cécité ! J'ai chopé la cécité ! ! !

Deux ans plus tard, la libération tentale de nozigue est déclarée et nous nous retrouvons en extérieur *und* en pige-moi-ça *und* en frissonnement. Les autres tentes sont immergées dans le noir et du ronflement s'échappe de celle de la Mère Wilson. Je me demande en quelle vêture la femme sommeille. Le pige-moi-ça en velours côtelé est-il disponible en rayon d'échoppe ? Une supposition qu'il le soit, une certitude qu'elle seulabre sait où.

Mézigue :

– Pas question de repasser par la case montage de tente. Faufilons-nous chez nos meilleures potesses.

Dix minutes après Jas est troooooooooooooop déraisonnable. Faufilement en tente effectué, mais la potesse me refuse le partage de sac de couchage. Et sur ces entre-fêtes, Roro piétine son verre spécial brosse à ratiches. S'ensuit le désordre.

Minuit et demi Pour finir, Ronchonne Ire, reine des couvre-fesses, et sa bande nous remontent la tente, dans le but de se débarrasser de nozigue. Le pavillon n'affiche plus le penchement de guingois.

Jasounette :

– Vous aviez le piquet central à la mauvaise place. Et alors ? *Qu'est-ce qu'est censé être le sens ?*

1 h 00 Je vendrais Mutti *und* Vati pour un détour au service pipi et Cie. Roro m'accompagne sous l'obligation.

Beuuuuuuuuuuuuurk. À combien chiffrer l'horreur de poser séant sur boîte nauséabonde en tente destinée à cet effet ? Impossible de faire l'addition. La caisse à litière de Mini-Bigleux revêt en comparaison le caractère luxueux.

Samedi 30 juillet

Matin Quel tintamarre : pépiements de zoziaux, meuglements de bovins, bêlements d'ovins. Quidams en galopade. Comme je vous le dégoise ! Un bien triste spectacle dès potron-minou que la Mère Wilson et Herr Kamyer en short sportif. Notre Seigneur.

Coup de mirette en glace. *Le positif*, tête tentiforme.

Mais je m'en bats le globe oculaire avec une patte de chirogale, étant octroyé que la zone est sans conteste possible dégussée.

Aprèm Une journée riche en événements style lever *und* boulottage de saucisses *und* obligation de jouer au cricket.

Je reconnais nonobstant une prise d'agrément au susdit pour cause d'envoi de balle en carré marécageux contraignant Jasounette à patauger à sa recherche.

L'enfrangée :

– Tu l'as fait exprès.

Mézigue :

– Ne sois pas ridicule, Jasounette.

Au tour de lancer suivant, je récidive en catapultant la balle pile poil en même localité. Trop sot ! ! ! !

Herr Kamyer nous délivre par la suite le cours de hamac et la Mère Wilson celui de reconnaissance de baie de la futaie à caractère poisongène. Toutefois, en impossibilité de mettre la paluche sur un échantillon véritable, l'experte en couic est contrainte à la démonstration sur livre illustré.

Bibi à Ellen *und* consœurs :

– En ce qui me concerne perso, la futaie peut dégager le poison par tous les pores du derme. De toutes les manières, je ne remettrai plus jamais le nougat en nature.

Roro et mézigue réussissons à éviter la marche forcée à la mare au triton par le biais d'une esquive, suivie d'une dissimulation en sommet de végétal. Du haut de notre cache, nous avons le point de vue géant sur les « joyeuses campeuses » en recherche de trucmuches à dessiner. Quelle quidam est en volonté de faire le portrait de l'amibe ? Je l'ignore. *Warum* prendre la peine de se vomir à Nulle-Part-Ville distante de centaines de kilomètres quand on est en possibilité d'obtenir modo grosso le même rendu en dessinant du popo de pif en cambuse ?

15 h 00 Le nichage en végétal est plutôt chou pour conclure. L'astre solaire dégage la chaleur et l'alternative de s'étaler en short sur branche nous est offerte. Et si je passais à la phase bronzage ? Conséquemment, je n'égarerais pas le temps. Roro se tresse la perruque à la mininatte.

Mézigue :

– La natte naine te confère l'aspect de la benête.

Rosie :

– Sans galéjade ! C'est aussi réussi que tu le dégoises ?

La potesse choit alors en manque de Sven.

– Gee, tu dirais que ma lippe a rétréci ?

Je passe en mode vérif.

– *Le négatif.*

– J'ai pourtant la sensation. Je fais séance bécot *mit* Sven tous les jours depuis des mois.

– Vous ne faites couic d'autre ?

Roro me décoche l'œillade.

– Évidemment que si.

– Quoi ?

— Pardon ?

– Qu'est-ce que vous manufacturez ?

– Des articles : short velu, croquenot à usage de verre et ainsi de suite. Être la fiancée du Viking n'est pas aisé, sais-tu ?

Roro clôt la déclaration par un enfilement de pilosité faciale.

Sur ces entre-fêtes, des voix se font esgourder, nous faisant tourner coites afin de ne pas être repérées. À travers la feuille, la Mère Wilson et l'inénarrable Herr Kamyer apparaissent. Tous les deux en short ! Nom d'une souris commune sous pression.

Herr Kamyer :

– Il fait très chaud, *nich wahr ?*

L'enseignante en mode hésitation prononcée mâtinée port de serviette de toilette :

– En effet. Je crois que je vais aller prendre une douche pour me rafraîchir.

Aussitôt dégoisé, aussitôt giclée en « sanitaire ».

Le germanophile, quant à sézigue, fait joujou *mit* sa loupe. À mon avis perso, il tente l'ignition par l'entremise de. Et je vous le demande : *qu'est-ce que le point ?*

Roro en chuchotement :

– J'espère qu'il va s'embraser le short.

Cinq minutes après La poignée de joyeuses campeuses délaisse la mare au triton dans le but de se lancer dans la repartie de cricket. L'abjecte Pamela Green, qui l'a jouée sommaire jusqu'ici, officie au poste de défenseuse en vicinalité de « sanitaire ».

Moi :

– Non que je veuille faire preuve de la mesquinerie, mais je trouve l'apparence de l'Abjecte singulièrement singulière.

Rosie en arrêt de nattage :

– Pourvu que le cassage de binette se produise. Couic au monde n'est plus poilogène que l'Abjecte se remettant sur les arpions.

Melanie Griffith tape dans la baballe *mit* la force décuplée, envoyant valdinguer le projectile vers l'emplacement défendu par l'Abjecte. S'ensuit un départ en galopade de Melanie dans le dessein d'atteindre la première base, départ qui incite Herr Kamyer à mettre promptement fin à ses mises à feu en vue de lever les mirettes. Je le rappelle aux non-souvenants, le nunganunga de Melanie développe l'existence perso en cas de trot enlevé d'icelle.

Mézigue :

– En moins de temps qu'il ne faut pour le dégoiser, Melanie va passer devant nozigue à la vitesse de la loupiote direction la futaie.

La cantonade vocifère à qui mieux mieux et à l'intention de l'Abjecte :

– Attrape la ballc, quatre mirettes ! Attrape-la !

Bibi :

– La pauvre chose est en incapacité de visualiser la balle. Ladite devrait s'habiller taille ballon dirigeable pour que ses bésicles acceptent de la lui exhiber.

Sur ce, l'événement le plus poilogène répertorié au patrimoine de l'humanité advient. L'Abjecte, qui met la marche arrière pour attraper la balle en un point x par elle seulabre visualisé, entre brutalement en collision *mit* le « sanitaire ». Ledit (plus connu sous le blaze de vieux bout de tente) s'effondre sous le choc, divulguant la Mère Wilson en mode cillage de mirettes sous douche.

Rosie et moi-même manquons tomber du végétal.

Trois minutes après J'ai la côte tordue par l'excès d'hilaritude. La Mère Wilson en plus simple pas pareil, si ce n'est le couvre-chef spécial douche, devrait pouvoir postuler au poste de spectacle du siècle. L'experte reste plus statufiée que la statue *mit* le savon enfilé sur corde et le globe oculaire en clignement continu.

Roro :

– Notre Seigneur !

Dix minutes après La femme plonge sous le « sanitaire » écroulé et ressort aussi mouillé de la baignade en vêture. L'enseignante pas plus tôt apparue, Herr Kamyer file telle la bise en futaie.

Cinq minutes après Bibi :

– Imagine que la mésaventure ait sanctionné la Mère Fil-de-Fer, ma Roro.

– Le négatif.

Dix minutes après L'experte en couic s'occupe les mimines en zone cuisinale quand Herr Kamyer sort de la futaie, le sifflotement à la lippe. La Mère Wilson lui désigne le « sanitaire » du didi. Le germanophile retire le bésicle, désigne à son tour du didi le susmentionné *mit* haussement d'épaules. Ils se livrent à la pantomime ou bien ?

La soluce me percute soudain le cervelet.

– Herr Kamyer fait celui qui n'a pas été en vision de la Mère Wilson en totale nudité !

Une minute après Retour aux trucmuches sérieux de l'existence.

Mézigue :

– Je me demande si je n'ai pas commis l'erreur au chapitre Super-Canon. *Und* si Scooterino me botte plus que sézigue.

Roro :

– Dans la vie, il faut sérier ses priorités.

Diantre, la potesse dégage le surplus de profondeur pour la fille en port de nattes naines assorties pilosité faciale.

– Qu'est-ce que le sens ?

– En d'autres termes, ma Gee, lequel des deux bécote le mieux ?

Hmmmmmmmmmmmmmmm.

Deux minutes après J'octroie le neuf sur dix à Scooterino contre le huit à Super-Canon.

Roro :

– Ben, tu es fixée maintenant.

Le positif, énoncé de la sorte.

Rosie *mit* la question subsidiaire :

– Quel est le bécot champion à ton palmarès perso du bécot ? Ne cogite pas, dégoise ce qui te vient direct au cervelet.

– Le lordillon de mèvres de la Marrade.

Nom d'un diable de Tasmanie en quête de reconnaissance. Ce que je viens de blablater propulse même mézigue en ahurissement.

Roro me décoche le zieutage mâtiné grattement de pilosité faciale.

– Tu peux m'expliquer l'intrusion de la Marrade ?

Bien vu, la gerbille.

En tente

21 h 00 Quasi l'heure du retour à la civilisation. La campeuse en tour de flambée se fait toujours esgourder. Rosie, Jools *und* bibi intégrons le sac de couchage. Je distribue le chocolat alentour *mit* pour mission de faire persister la friandise le plus longtemps possible par voie de suçotation. C'est dégoiser le taux de fascination de la vie.

En pleine suçotation, nous ouïssons soudain du grattement en lisière de tente et une paluche apparaît en zone tapis de sol. Nous sommes rapinées ! À tous les ramponneaux par le fermier.

Mézigue :

– Retournez d'où vous cheminez ! J'ai l'arme à brasero !

Une voix me rétorque illico :

– *Le positif*, mais quelle couleur déclare ta culotte ?

Ce ne se peut !

Nonobstant, ce se peut ! Dave la Marrade, Craquos, Sven, Rollo, Dec et un autre gus inconnu au bataillon, Edward, sont venus nous dégobiller la visite par l'entremise de l'auto de Tom. Les gus ont dressé le village de toile en vicinalité de rivière plus loin sur la venelle.

Yes ! Yes ! Yes ! ! !

La converse se déroule en mode chuchotement à travers le tissu-phone.

La Marrade :

– Ci-devant plan. Prétendu détour de vozigue au service pipi et Cie, permettant un passage de bonne nuit à l'enseignant sous-esgourdant un jeté en abattis de Morphée dans les cinq secondes. Retour en tente et creusement d'une sortie de secours par l'arrière du bâtiment. Suivis de trissage furtif en vue de retrouver nozigue. Avec marrade de première fraîcheur à l'appui. Tu en décèdes d'envie !

L'expert en poilade est décidément le *polisson*. Toutefois, l'intérêt est à son comble !

Tom :

– Gee, dis à Jas de venir aussi.

Dec :

– Et rapportes-en deux autres.

Bibi :

– Deux autres quoi ?

Dec :

– Filles.

Je n'en crois pas mes poumons du gus. Je mettrais ma mimine au coupe-papier que ni Mabs ni Ellen ne seront en acceptation de côtoyer le spécimen les prénommant « deux autres ». Même Ellen a sa fiertitude. Non pas.

La bande nous délivre l'itinéraire pour se vomir à son campement où elle nous espérera. Enfilage preste de vêture et dissimulation d'icelle sous tenue de nuitée.

Suivi de cheminement de Rosie, Jools *und* bibi en direction des goguenots, entre-temps remontés, *mit* passage devant la cantonade en fredonnement de *Tiens, voilà du boudin* autour de la combustion de camp.

Morceau de chance, Roro s'est munie de la trousse de secours tartine. Intrusion en goguenot et véloce vérif en glace. J'ai la caboche tentiforme en reflux. Je passe sans attendre à la phase mascara, rouge à lippes *und* gloss. Roro se dénoue la natte en mode bondissement de-ci *und* de-là hybridé révision de pulpitude.

Jools :

– C'est quoi, le plan ?

Mézigue :

– Je te le livre. Retour en tente *mit* force bâillements *und* fatigue de mascarade pour trop-plein d'allégresse campinguesque nous mettant en volonté de nous pager tôt. Creusement d'issue de secours en face arrière de tente et trissage subreptice vers le campement gussal en vue de moult rasades de marrade, amusement *und* denrées alimentaires.

Roro :

– *Und* bécots.

Jools :

– Quelle méthode préconises-tu pour arracher les potesses au désastre *Tiens, voilà du boudin* ?

Mézigue :

– Recours à la sophistication saupoudrée d'une pincée de je-ne-sais-qui.

Autour du brasero, la « fête » frappe son plein. Herr Kamyer régale la cantonade par le biais de la démonstration de nœuds grotesques. *Qu'est-ce que le point* de la démo ? Quel est le dernier quidam à avoir employé le susdit ? Me goure-je ou c'est l'amiral Nelson ?

Bibi *mit* bâillements à s'en dépendre la mâchoire *und* décontracture pur beurre à tous les étages :

– Oh, Jas, Ellen *und* Mabs… J'ai le trucmuche à vous montrer en tente.

Miss Frangette me décoche l'œillade sans prendre la peine de passer par la case réponse.

Ellen :

– D'accord, est-ce qu'on, euh… est-ce, puis-je… on est toutes… ?

Et ainsi de suite.

Je balance le zieutage bourré de sous-esgourdés à Jas, mais icelle ne capte couic.

Moi :

– On l'a trouvé cet aprèm. À mon avis perso, l'échantillon est *le extra* pour ta collec de tritons, Jasounette.

Jas en mode non chou :

– Il est croûté ou bien toasté ?

Je suis limite au bord de me trisser sans coup férir ; nonobstant, je songe aux siècles de délire croisé jérémiade que je risque de me fader le reliquat de mon existence si la potesse découvre que son Tom était sur zone et que bibi ne lui a pas délivré l'info.

Conséquemment, je blablate ceci :

– À tous les pains, tu le trouveras CRAQUOS. Si tu vois ce que je veux dégoiser.

La jauge à intérêt de l'enfrangée percute le max. La fille bondit sur ses nougats telle la givrée frappée de la surprise.

Moi *mit* zieutage les mirettes écarquillées :

– *Warum* ne pas faire le crochet par notre tente en vue de la bonne nuit ? Je me goure, en vue de l'examen approfondi.

Aussitôt proposé, aussitôt décanillé.

La Mère Wilson :

– Ne bavardez pas toute la nuit, mesdemoiselles. Vous avez eu une journée bien remplie. Et je suppose que vous êtes tout excitées. Personnellement, je le suis.

Tournée générale d'œillade *mit* tentative de répression de l'hilaritude.

L'experte en Notre Seigneur en divagation continue :

– Avez-vous eu une journée excitante, Herr Kamyer ?

Le germanophile en tournant les globes oculaires vers icelle :

– *Ya*, très exzidante.

Oh, nooooooooooon. Ne me dites pas que Herr Kamyer développe l'allumage à l'envers de la Mère Wilson.

La vie est *le trop bizarre* pour bibi et je vous ferai dégoiser que je ne crèche sur la planète que depuis peu.

De retour en tente

L'habitat est plus plein que l'œuf. Retirement de tenue de nuitée pour mézigue et usage massif de la trousse d'urgence beautitude pour Jas, Ellen et Mabs. Dès les potesses satisfaites de leur niveau de tartine, le Top Gang passe à la phase creusement de tunnel. L'obscurité ayant recouvert toute une chose, obligation d'extinction de loupiote dans le but de ne pas se faire repérer en excavation. Excavation qui se résume ni plus ni moins qu'à un soulèvement de toile de tente permettant une prise de poudre d'Espelette vers la liberté ! ! ! !

S'ensuit une escapade frauduleuse de camping en s'orientant au végétal.

En tente de gus

La hutte gussale est vaste *und* verte. L'intérieur est *le trop génial*, bien que la tente ce soit. Le Top Gang n'a pas plus tôt passé caboche par l'interstice de la susdite que la bande pousse la vocifération d'allégresse et lui propose la portion de pizza achetée au village. Miam, miam. Sven manque boulotter Rosie sur-le-pré, puis pose séant sur rotule d'icelle. Dec opère le rapprochement *mit* Ellen, qui tourne illico plus grenat que l'écrevisse (même dans le noir) et Edward passe le bonjour à Mabs. La potesse affiche la satisfaction, pour cause de rencard à l'aveugle a) non atteint de la cécité *und* b) plutôt agréable à zieuter. Craquos et Jasounette se trissent aussi mouillé à la rivière sur l'invite de la potesse :

– Tom, viens voir le repaire des blaireaux. Il est incroyable !

Je pousse le gloussement truffé à l'ironie, mais l'enfrangée se limite au zieutage et décanille avec son Craquos.

La Marrade en tapotement de sol à côté de sézigue :

– Pose-toi, Super-Coquine. Tu dois être sur les tibias à force de poilade campinguesque.

Une demi-heure après De la tranche de rigolade ou je ne m'y connais pas. La Marrade suscite mon hilaritude à jet continu. J'avais perdu souvenance de l'excellence du gus. Ellen *und* Dec et Mabs *und* Edward affichent un taux de compatibilité supérieur aux normes en vigueur. C'est chou de ne pas visualiser Ellen dévorant la Marrade *mit* des mirettes de canidé.

L'expert en poilade actionne la musique, propulsant ainsi la cantonade en mini « tout schuss sur le disco » tental. Le rire de hyène fuse telle la fusée. L'exiguïté des lieux oblige le gigueur à giguer en vicinalité et comme qui dégoiserait plié en deux.

Vingt minutes après Comme de bien esgourdé, le géant des steppes glacées provoque l'effondrement de la tente par l'entremise d'un tacle plongeant à caractère désespéré sur la personne de la Marrade et sur rythme endiablé. Je suis limite au bord de l'apoplexie hilarophile.

Les gus remontent la tente et la Marrade *und* mézigue prenons le repos en vicinalité de buisson.

La Marrade :

– Ça te dirait un petit plongeon en rivière et en plus simple pas pareil ?

– Tu es givré.

Sézigue *mit* zieutage de ma personne :

– Tu es givrée.

– *Le négatif*, tu es givré.

Le gus m'encastre alors en buisson par le biais de la bourrade.

Moi en relèvement :

– La chose est interdite. C'est ni plus ni moins que de l'attaque hybridée coups et blessures.

– Erreur, Super-Coquine, c'est ni plus ni moins que de l'attaque hybridée coups et blessures.

Et rebelote au chapitre encastrement de mézigue en buisson ! ! ! Puis le gus ajoute ceci :

– Je compte jusqu'à dix et je vais te chercher.

– Dave, je ne me vomis nulle part.

– Si j'étais tézigue, je le ferais. De toutes les manières, si tu ne te vomis nulle part, comment veux-tu que j'aille te chercher ?

J'ignore *warum*, mais la démonstration me semble afficher le sens. Par voie de conséquence, j'entre en galopade. Que fabrique-je ? Comme d'us, je serai l'ultime à entrer en connaissance. De toutes les façons, je mettrais mon cigare au fourneau que la Marrade ne peut pas me rattraper.

Cinq minutes après Méprise.

Je suis ralliée à la rivière. Le temps étant au calorifère, je trempe le nougat en flotte. Emboîtée en cela par la Marrade, qui pose séant à côté de moi. La nuitée est d'encre version magnifique et l'air affiche la profusion de douceur à connotation chaude. L'allégresse de fort gabarit hybridée détente des pattes arrière irradie ma personne.

Je suis en connaissance de ne pas devoir mais, comme d'us, je fais l'impasse sur le « ne pas devoir » et pose l'interrogation :

– Au fait, euh… tu en es où au chapitre gussette de compagnie ?

La Marrade me décoche la risette.

– Au fait, tu en es où au chapitre double gus de compagnie possible ?

J'ignore ce qu'il convient de rétorquer. Puis la parole sort de mon appendice buccal plus vite que la bise :

– Super-Canon m'a dégoisé qu'il en pinçait pour moi, mais je lui ai fait comme ça que j'en pinçais pour Scooterino, mais le Transalpin est en souhait que je me rende au Pays-de-la-Mozzarella-et-Tomates-à-la et, franchement, la chose pourrait se révéler super et ainsi de suite, mais je suis total en ignorance.

– En ignorance de quoi, Super-Coquine ?

Oh, si seulement je pouvais poser caboche sur son épaule. Je suis toujours en tentation de lui expectorer le morceau en totalité. Nonobstant je blablate ceci :

– Quel est ton conseil, conseiller allumage ?

La Marrade en mode trituration de pilosité faciale factice :

– Je dirais que l'amuuuuuuuuuuuuuur est multipantalonnaire…

Par le couvre-fesses de Notre Seigneur, *qu'est-ce que le sens ?*

Mézigue :

– L'amuuuuuuuuuuuuuur est multipantalonnaire ? Est-ce ta conception du conseil ?

– En d'autres termes, il se peut que plus d'un pantalon ait tes faveurs. Que tu en pinces pour Scooterino, et pour un autre quidam…

De quoi m'entretient-il exactement ?

L'expert :

– Exemple. J'en pince pour Emma. Toutefois, j'en pince possiblement davantage pour une autre quidam.

Moi en empêchement de me retenir, bien que le terrain du rosissement popotal soit miné :

– Quelle autre quidam ?

Silence de petit format, puis la réponse vient :

– La reine.

S'ensuit une levée du gus.

Bibi en mode zieutage de sézigue :

– Tu en pinces pour la reine ? La quidam qui te botte possiblement davantage est la reine ? La souveraine qui vient de souffler ses quatre-vingts chandelles ? La reine ? Qui s'est fait poser la hanche de substitution ?

– Tu blablates de sa génitrice. Je te prierais de ne pas faire montre d'impolitesse à l'envers de ma fiancée.

Levée de séant perso, mais l'obscurité n'étant pas bonne conseillère en vision, je me prends le nougat dans le trou de blaireau ou le piège brindillé conçu par la Mère Wilson ou quelque chose, et je chois sur le râble en orée de rivière.

La Marrade pris d'hilaritude, mais volant à mon renfort :

– Gee, tu es la valeur sûre. Tu es à trois didis de la remise de médaille du gus honorifique. C'est pour ça que je t'aime.

L'expert a-t-il… a-t-il vraiment dégoisé ce que je cogite qu'il a ?

Sur ces entre-fêtes, il me passe l'abattis en tour de taille et soulève ma personne. J'espère qu'il ne sent pas mon couvre-fesses en humidité et s'imagine que je suis victime de l'épisode tricentenairesque.

Lui :

– Tu ne te serais pas fait pipi dessus ? Tu as la culotte plus trempée que le minestrone.

– *Le négatif*. Mais, à mon avis perso, elle est farcie au crapaud. Et par le fait, j'ai l'arrière-train en douleur.

Le gus me dépose sur la rive et j'ajoute ceci :

– Si ça se trouve, j'ai chopé la fracture de popotin.

La Marrade *mit* zieutage de mon faciès coordonné risette de grande envergure :

– Serons-nous jamais libres, Super-Coquine ?

Je lui balance l'œillade, provoquant la déclaration qui s'ensuit :

– Et puis *fluctuat nec mergitur*. La chose doit être faite.

Et il me décoche le bécot !

Cinq minutes après Oh, nooooooooooooooon. Contre toute attente, je me suis dégobillée chez la marchande d'éclairs fourrés à l'amuuuuuuuuur ! Certes, je ne lui restitue pas mon macaron mozzarella, nonobstant l'inadvertance me fait prendre une tarte à la marrade…